AI觉醒

刘慈欣 索何夫 等 著

超维度漫游

科 幻
硬阅读
DEEP READ
不求完美 追逐极致

AI AWAKENING

北京理工大学出版社
BEIJING INSTITUTE OF TECHNOLOGY PRESS

科幻硬阅读

—— 献给那些聪明的头脑和有趣的灵魂

当小鲜肉、流量明星、鸡汤文和小清新大行其道，当坚硬强悍磊落豪雄变成小众，当拼爹、晒富、割韭菜成为常态，当群氓乱舞中理性精神和至性深情被某些人弃如敝屣——我愿反其道而行，向极小极小的一小部分喜欢阅读和思考的读者，推出一套比较烧脑，但能让神经更粗壮大条的作品——"科幻硬阅读"系列图书。

科幻不是目的，思考才是根本。有趣的灵魂诗意栖居大地。理性使其无惑，感性助其丰盈，个性使其独特，青春致其张扬，而爱的疼痛与快乐，则为灵魂刻下一抹深沉隽永……

所以这套书里除了"烧脑"科幻，兼或还会有其他一些提神醒脑类作品，希望它们能给读者朋友带来一丝极致的阅读体验——极致的思考或震撼、极致的美丽与忧愁、极致的愉悦和放松……不求完美，但求在某方面达到极致——极致，便是"硬阅读"的注脚。

但这种"硬"绝不应该是艰深晦涩，故作深沉！

好看的作品通常都是柔软而流动的，如水、亦似爱人或者时光，默默陪伴，于悄无声息间渗透血脉、融入心魂，让我们在一条注定是一去不返的人生路上，逐渐、逐渐，获得一分坚强和硬度！

愿所有可爱而有趣的灵魂，脚踩大地，仰望星辰，追逐梦想。

—— 小威

独立思考,个性书写,充分表达,
拥有独属于自己的风格和调性。

目录

001 | 太原之恋
　　　　IT 怨念 / 刘慈欣

023 | 邮差
　　　　从某个地方到故乡 / 闰年

035 | 忒修斯之子
　　　　身份迷案 / 索何夫

049 | 黎明
　　　　战后人生 / 焦策

061 | 农机革命
　　　　AI 造反 / 喀拉昆仑

175 | 与机器人同居
　　　　AI 独立史 / 阿缺

203 | 消防员
　　　　纵火者的悲情告白 / 王侃瑜

215 | 根源·女
　　　　幻影病毒 / 李卿之

245 | 蓝调 AI 特辑
　　　　AI 困境 / 蓝调

太原之恋

IT 怨念

文 / 刘慈欣

诅咒1.0诞生于2009年12月8日。

这是金融危机爆发后的第二年，人们本来以为危机已快要结束了，没想到只是开始，所以整个社会陷入焦躁之中，每个人都需要发泄，并积极创造发泄的方式。诅咒的诞生也许与这种氛围有关。诅咒的作者是一个女孩儿，十八岁至二十八岁之间。关于她的信息，后来的IT考古学家能知道的就这么多。诅咒的对象是一个男孩儿，二十岁，他的情况却被记载得很清楚。他叫撒碧，是太原工业大学的大四学生。他和那女孩儿之间发生的事儿没什么特别的，就是少男少女之间每天都在发生的那些事儿。后来有上千个版本，这里面可能有一个版本是真实的，但人们不知道是哪一个。反正他们之间的事情结束后，那女孩儿对那男孩儿是恨透了，于是编写了诅咒1.0。

女孩儿是个编程高手，真不知道她是怎样学来这本事的。在这个IT从业者人数急剧膨胀的年代，真正精通系统底层编程的人却并未增加，因为能用的工具太多了，也太方便了，没必要像苦力似的一行行编写代码，大部分程序都可以用工具直接生成。女孩儿要做的编写病毒的活计也是一样，有众多功能强大的黑客工具可用。所谓编写病毒，不过是把几个现成模块组装起来；或更简单，对单个模块修改一下即可。在诅咒 1.0 诞生之前，大规模流行的最后一个病毒"熊猫烧香"就是这么弄出来的。但这个女孩儿却是从头做起，没有借助任何工具，自己一行一行地写代码，像勤劳的农家女用原始织布机把棉线一根一根织成布一样。想到她伏在电脑前咬牙切齿敲键盘的样子，我们的脑海中不由浮现出海涅的《西里西亚织工》中的两句诗：老德意志，我们在织你的尸布，我们织！我们织！

诅咒 1.0 是历史上在传播方面最成功的计算机病毒，它成功的主要原因在两个方面。

首先，诅咒 1.0 不对被感染电脑进行任何破坏（其实其他大部分病毒也没有破坏企图，所造成的破坏是由其低劣的传播或表现技术所致，而诅咒 1.0 在避免传播中的副作用方面做得很完善）。它的表现也很克制，在大部分被感染的电脑上都没有任何表现，只有当系统条件组合符合某一条件时（大约占总感染数的十分之一），才进行表现，且每台电脑只表现一次。具体的表现方式是在被感染的电脑上弹出一条显示：

撒碧去死吧！！！！！！！！

如果点击这个显示，就会出现关于撒碧更进一步的信息，告诉你这个被诅咒者住在中国山西省太原市太原工业大学××系××专业××班××宿舍楼××寝室。如果不点击，这个显示将在三秒内消失，且永不在这台电脑上重新出现，因为被记忆的有硬件信息，所以即使重装系统后也一样。

诅咒 1.0 成功传播的第二个原因在于系统拟态技术，这倒不是女孩儿的发明，但这项技术被她熟练地用到了极致。系统拟态，就是把病毒代码的很多部分做成与系统代码相同，且采用与系统进程类似的行为方式。杀毒软件在杀灭该病毒时，极有可能把系统也破坏掉，最后不得不投鼠忌器。其实，瑞星、诺顿等都曾盯上诅咒1.0，但后来惹上了越来越多的麻烦，甚至产生了比诺顿在2007年误删Window XP系统文件更恶劣的后果，加上诅咒1.0在传播中没出现任何破坏行为，且所占系统资源也微不足道，就先后把它从病毒特征库中删掉了。

诅咒1.0诞生之日，正是写科幻的刘慈欣第二百六十四次因公来太原之时。尽管这是他最讨厌的一座城市，但每次来他都要逛街。不过，他所谓"逛街"就是到柳巷的一家小店去为他那老掉牙的ZIPPO打火机买一瓶专用汽油，这是目前极少数不能从淘宝或易趣邮购的东西。前两天刚下过雪，像每次下雪一样，这时的雪被碾成了黑乎乎的冰。他摔了一跤，屁股的疼让他忘了在进火车站时把那一小瓶汽油从旅行包中拿出来装进衣袋，结果过安检时被查了出来，没收后又罚款两百元。

他更讨厌这座城市了。

诅咒1.0流传下去。五年，十年，它仍然在日益扩展的网络世界中静悄悄地繁衍生息。

这期间，金融危机过去了，繁荣再次到来。随着石油资源的渐渐枯竭，煤炭在世界能源中的使用比重迅速增加，地下黑金为山西带来滚滚财源，使其成为亚洲的阿拉伯，省会太原自然也就成了新的"迪拜"。这是一座具有煤老板性格的城市，过去穷怕了，即使在本世纪初仍处于贫寒的日子里，也是下面穿露屁股的破裤子，上身着名牌西装，在下岗工人成天堵大街的情况下建起了国内最豪华的歌厅和洗浴中心。现在它成了真正的暴发户,更是在歇斯底里的狂笑中穷奢极欲。迎泽大街两旁的超高建筑群令上海浦东相形见绌,这条除长安街外全国最宽直的大街成了终日难见阳光的深谷。有钱和没钱的人怀着梦想和欲望涌入这座城市,立刻忘记了自己是谁、想要什么,只是跌入繁华喧闹的旋涡中旋转着,一年转三百六十五圈。

这天,第三百九十七次来太原的刘慈欣又到柳巷去买汽油,忽见街上有一位飘逸帅哥,他长发中的那一缕雪白格外引人注目。他就是先写科幻后写奇幻再后来科、奇都写的潘大角。被太原的繁荣所吸引,大角抛弃上海,移居太原。大刘和大角当初分别处于科幻的硬软两头儿,此时相见不亦乐乎。在一家头脑店(头脑是本地的一种传统美食)酒酣耳热之时,刘慈欣眉飞色舞地说出了自己下一步的宏伟创作计划:写一部十卷本三百万字的科幻史诗,描写两百个文明的两千次毁灭和多次因真空衰变而发生的宇宙格式化,最后以整个已知宇宙漏入一个抽水马桶般的超级黑洞结束。大角很受感染,认为两人有合作的可能:同一个史诗构思,刘慈欣写硬得不能再硬的科幻版,面向男读者;大角写软得不能再软的奇幻版,面向 MM 们。大刘、大角一拍即合,立刻抛弃一切俗务,投身创作。

在诅咒 1.0 十岁生日时,它的末日也快到了。VISTA 以后,微软实在难以找到对操作系统频繁升级的理由,这多少延长了诅咒 1.0 的寿命。但操作系统就像暴发户的老婆,升级总是不可避免的,诅咒 1.0 代码的兼容性越来越差,很快就沉入网络海洋的底部,即将销声匿迹。但正在这时,诞生了一门新的学科：IT考古学。按说网络世界的历史还不到半个世纪，没什么古可考，但仍然有很多怀旧者热衷此道。IT考古主要是发掘那些仍活在网络世界某些犄角旮旯的东西，比如十年来都没有点击过但仍能点开的网页，二十年没有人光顾但仍能注册发帖的BBS，等等。这些虚拟古董中，来自"远古"的病毒是IT考古学家最热衷寻找的，如果能找到一个十多年前诞生的仍在网上活着的病毒，就有在天池中发现恐龙一般的感觉。

诅咒1.0被发现了。发现者把病毒的全部代码升级，以适应新的操作系统，这样就能保证它再存活十年。这人并没有张扬，也许这是为了使他（她）所珍爱的这件古董能更顺利地存活下去。这就是诅咒2.0。人们把十年前诅咒1.0的创造者叫"诅咒始祖"，把这个IT考古学家叫"诅咒升级者"。

诅咒2.0在网上出现的那一刻，在太原火车站附近的一个垃圾桶旁，大刘和大角正在争抢刚从桶中翻找到的半袋方便面。他们卧薪尝胆五六年，各自写出两部三百万字的十卷本科幻和奇幻史诗，书名分别为《三千体》和《九万州》。两人对这两部巨作充满信心，但找不到出版商，于是一起变卖了包括房子在内的全部家产并预支了所有退休金自费出版。最后，《三千体》和《九万州》的销量分别是十五本和二十七本，总数四十二——科幻迷都知道这是个吉利的数字。在太原举行了同样是自费的隆重签售仪式后，两人就开始了流浪生涯。

太原是一座最适合流浪的城市。在这座穷奢极欲的大都市中，垃圾桶里的食品是取之不尽的，最次也能找到几粒被丢弃的"工作丸"。住的地方也问题不大。太原模仿迪拜，在每一个公交候车亭里都装上了冷暖空调。如果暂时厌倦街头，还可以去救助站待几天，那里不仅有吃有住，太原久已繁荣的性服务业还把每周日定为对弱势群体的性援助日，救助站就是那些来自红灯区的志愿者开展活动的地方之一。在城市各阶层幸福指数调查中，盲流乞丐位列榜首，所以大刘和大角都后悔没有早些投入这种生活。

两人最惬意的时候是《科幻大王》（SFK）编辑部每周一次的请客，一般都是去唐都那样的高级酒店。太原的《科幻大王》杂志深得科幻精髓，知道这种文学体裁的灵魂就是神奇感和疏离感，而现在的高技术幻想已经没有这种感觉了。技术奇迹是最平淡不过的事儿，每天都在发生，倒是低技术具有神奇感和疏离感。于是，他们创立了幻想未来低技术时代的"反浪潮"科幻，取得了巨大成功，迎来了世界科幻的第二个黄金时代。为了彰显"反浪潮"科幻的理念，《科幻大王》编辑部拒绝一切电脑和网络，只接收手写稿件，用铅字排版印刷，还用每匹相当于一辆宝马车的价格买回几十匹蒙古马，在编辑部旁建设豪华马厩。杂志社人员出行一律骑着绝对没有上网的骏马。城市某处如果听到嘚嘚的清脆马蹄声，那就是SFK的人来了。他们常请刘慈欣和大角吃饭，因为除了他们以前写过科幻外，还因为虽然他们现在写的科幻已经很不科幻了，但他们本人所遵循"反浪潮"科幻的理念却是十分科幻——他们上不起网，也很低技术。

SFK的编辑、大刘和大角都不知道，他们的这个共同特点将会救他们的命。

诅咒2.0又流传了七年。这时，一个后来被称为"诅咒武装者"的女人发现了它。她仔细研究了诅咒2.0的代码，尽管经过升级，她仍能感受到十七年前诅咒始祖的仇恨和怨念。她与诅咒始祖有着相同的经历，也处于每天刻骨憎恨某个男人的阶段，但她觉得那个十七年前的女孩儿既可怜又可笑：这么做有何意义？真能动那个臭男人（撒碧）一根汗毛吗？这就像百年前的怨女在写了名字的小布人儿上扎针的愚蠢游戏一样，解决不了任何问题，结果只是使自己更郁闷。还是让姐姐来帮帮你吧。（正常情况下，诅咒始祖应该活着，但"诅咒武装者"肯定要叫她阿姨了。）

十七年后的今天已经完全是一个新时代了，这时，世界上的一切都"落网"了。这么说是因为，在十七年前，网络上的东西只有电脑。但今天的网络就像一棵超级圣诞树，几乎这世界上的所有东西都挂在上面闪闪发光。以家庭为例，家里所有通电的东西都联上了网并受其控制，甚至连指甲刀和开瓶器也不例外：前者可通过剪下来的指甲判断你是否缺钙，并通过短信或e-mail告知；后者可判断酒是否为真品并发送中奖通知，而过度酗酒者间隔很长时间才能用它开一次瓶。在这种情况下，通过诅咒病毒直接操纵硬件世界就成为可能。

"诅咒武装者"给诅咒2.0增加了一个功能：如果撒碧坐出租车，就撞死他！

其实对于这个时代的一名人工智能（AI）编程高手来说，这一点并不难做到。现在的汽车已经全部无人驾驶，网络就是驾驶员，乘客上出租车时要刷卡，新的诅咒2.0可通过信用卡识别乘客的身份。只要上了车并被识别，杀他的方法数不胜数，最简单的就是径直撞向路边的建筑物，或从桥上开下去。但"诅咒武装者"想了想，并不愿简单地撞死撒碧，而是为他选择了一个更浪漫的死法，完全配得上他对十七年前的那个妹妹做的事（其实"诅咒武装者"和别人一样，根本不知道撒碧对始祖做错了什么，也可能错根本不在这男孩儿）。经她升级的诅咒在得知目标上车后，根本不理会他设定的目的地，指挥出租车一路狂开，从太原一直开到张家口。现在，从那里再向前已经是一片沙漠了，车就停在沙漠深处，并切断与外界的一切通信联系（这时诅咒已经侵入车内电脑，不需要网络了）。这辆出租车被发现的可能性很小。如果偶尔有人或车靠近，它就立刻躲到沙漠的另一处。无论过去多长时间，车门从内部是绝对打不开的。这样，如果在冬天，撒碧将被冻死；如果在夏天，撒碧将被热死；如果在春秋，撒碧将被渴死饿死。

就这样，诅咒 3.0 诞生了，这是真正的诅咒。

"诅咒武装者"是一名 AI 艺术家。这也是一族新新人类，他们喜欢通过操纵网络作出一些没有实际意义但具有美感（当然，这个时代的美感与十几年前不是一回事了）的行为艺术，比如，让全城的汽车同时鸣笛并奏出某种旋律，让大酒店的亮灯窗口组成某个图形，等等。诅咒 3.0 就是一件这样的作品，不管能否实现其功能，它本身就是一件卓越的艺术品，因而在 2026 年上海现代艺术双年展上得到了好评。虽然因其人身伤害内容被警方宣布为非法，但它仍在网上进一步流传开来，众多 AI 艺术家加入了对这一作品的集体创作中，诅咒 3.0 飞快进化，越来越多的功能被添加进来：

如果撒碧在家，开煤气熏死他！这也比较容易，因为每家的厨房都由网络控制，这样户主就可以在外面遥控厨房做饭，这当然包括打开煤气的功能，而诅咒3.0可以使房间里的有害气体报警器失效。

如果撒碧在家，放火烧死他！很容易，包括煤气在内，家里有很多可以点燃的东西，如摩丝、发胶什么的，都连在网上（可通过网络由专业发型师做头发），烟火报警器和灭火器当然也可以失效。

如果撒碧洗澡，放开水烫死他！如上，很容易。

如果撒碧去医院看病，开药毒死他！这个稍有些复杂。给目标开特定的药是很容易的，因为现在医院的药房全部是自动取药，且药库系统都联网，关键是药品的包装问题，撒碧不是SB，要让他拿到药后愿意吃才行，而要做到这一点，诅咒3.0就得从制药厂的生产包装和销售环节入手。要让一盒表里不一的药只卖给目标，真的有些复杂，但能做到，而且对于AI艺术来说，越复杂，作品的观赏价值就越高。

如果撒碧坐飞机，摔死他！这不容易，飞机比出租车操作难多了，因为被诅咒的只有撒碧一人，诅咒3.0不能杀死其他人，而撒碧大概没有专机，所以摔死他是不可能的。但可以这样：目标所乘的飞机突然在高空舱内失压（用开舱门或别的什么办法），在所有乘客都戴上的氧气面罩中，只有撒碧的面罩里没有氧气。

如果撒碧吃饭，噎死他！这个看似荒唐，其实十分简单。现代社会的超快节奏催生了超快餐食品，就是一粒小小的药丸，名叫"工作丸"。工作丸密度很大,拿在手中沉甸甸的,像一颗子弹头,服下去后会在胃中膨化,类似于以前的压缩饼干。在生产过程中,"工作丸"的膨化速度是可以控制的。诅咒 3.0 可以用与生产毒药类似的方式在生产过程中做手脚,生产出一粒超快速膨化的"工作丸",再控制销售过程,专卖给撒碧。他在进工作餐时,喝水把工作丸送下去,结果小丸在嗓子眼里膨化。

……

但诅咒 3.0 从来没有找到目标,也没有杀死过任何人。早在诅咒 1.0 诞生时,撒碧就受到了不小的骚扰,还有媒体记者因此采访过他,使他不得不改了名,甚至连姓也改了。姓撒的人本来就很少,加上其谐音不雅,所以在这座城市里面没有人与他重名,同时,病毒中记录的撒碧的工作单位和住址仍是他十几年前所上的大学,使得定位他更不可能。诅咒 3.0 也曾试图进入公安厅电脑追溯目标的改名记录,但没有成功。所以在诅咒 3.0 诞生以后的四年中,它仍然只是一件 AI 艺术品。

但诅咒通配者出现了,他们是大刘和大角。

通配符是一个古老的概念,源自导师时代(这是对操作系统的上古时代——DOS 操作系统时代的称呼)。最常见的通配符有"*"和"?"两种,用于泛指字符串中的一切字符。其中"?"指代单一字符串,"*"指代的字符数量不限,也最常用。比如:刘*,指姓刘的所有人;山西*,指以山西打头的所有字串。而如果只有一个"*",指代的则是一切。所以在导师时代,"del*.*"是一个邪恶的命令(del 是删除命令,而 DOS 系统下的文件全名分为文件名和扩展名两部分,用"."隔开)。在以后的操作系统演进中，通配符功能一直存在。只是系统进入图形界面后，人们很少再使用命令行操作，一般人就渐渐把它淡忘了。但在包括诅咒3.0在内的各种软件中，它是可用的。

这天是中秋节，但明月在太原城的璀璨灯火中像个脏兮兮的烧饼。大刘、大角在五一广场的一条长椅子上坐下来，摆开他们下午从垃圾桶中翻出的五半瓶酒、两半袋平遥牛肉、几乎一整袋晋祠驴肉和三粒"工作丸"，准备庆祝一番。天刚黑的时候，大刘还从一个垃圾桶中翻出一台破笔记本电脑。他声称自己能把它修好，否则这辈子的计算机工作就算是白干了。他蹲在长椅旁紧张地捣鼓起来，同时和大角意犹未尽地回味着下午救助站的性援助。大刘热情地请大角把三粒"工作丸"都吃了，这样可为自己省下不少酒肉。但大角并不上当，一粒也没吃，只是喝酒吃肉。

电脑很快就能用了，屏幕发出幽幽的蓝光。大角发现无线上网功能竟然也恢复了，就立刻抢过电脑，先上QQ——他的号已经不能用了——再查找九州网站、天空之城、豆瓣、水木清华、大江东去……但那些链接都早已失效。大角最后扔下电脑，长叹一声："唉——昔人已乘黄鹤去。"

大刘拿过半瓶酒喝起来。他看了看屏幕："此地连黄鹤楼也没留下。"

然后大刘便细细查看电脑中的东西，发现里面安装了大量黑客工具和病毒样本，这可能是一台黑客的本本，也许是在逃避AI警察的追捕时匆忙扔到垃圾桶中的。他顺手打开桌面上的一个文件，是一个已经反编译出来的C程序。他认出了，这正是诅咒 3.0！他随意翻阅着代码，回忆着自己编写"电子诗人"的时光。酒劲儿上来时，他翻到了目标识别参数那部分。

大角在一边喋喋不休地回忆着当年峥嵘的科幻岁月，大刘很快也受到感染，推开本本，一同回忆起来。想当年，自己那上帝视角的充满阳刚之气的毁灭史诗曾引起多少男人的共鸣啊，曾让他们中的多少人心中充满万丈豪情！可现在，十五本，仅仅卖出十五本！TNN 的！他又灌下去一大口。那还是一瓶老白汾，这酒的味道在这个年代已经面目全非，有点儿像威士忌了，但酒精度一点儿没减。他开始恨男读者，进而恨所有的男人。他两眼直勾勾地看着屏幕上诅咒 3.0 的目标参数，说："显拽的圆润木妖怪……胡东奇（现在的男人没一个好东西）。"顺手把姓名由"撒碧"换成"*"，工作单位和住址也由"太原工业大学，XX 系，XX 专业，XX 宿舍楼，XX 寝室"换成了"*，*，*，*，*"，只有性别参数仍为"男"。

大角也处于一把鼻涕一把泪的感慨中。想当初，自己那色彩绚烂、意境悠远的美文如诗如梦，曾经迷倒多少 MM，连自己也成为她们的偶像。可现在，看看旁边经过的那些妙龄 MM，居然没一个人朝自己这边看一眼，太让人失落了！他扔出一个空酒瓶，喃喃道："圆润木素胡东奇，雨润豆素？（男人不是好东西，女人就是？）"说着，把目标参数中的性别由"男"改成"女"。

大刘不干了，觉得这没女人什么事，自己那些粗陋的小说从来也不指望获得女读者的青睐，就又把性别参数改回"男"。大角再改成"女"。两人为惩罚自己那忘恩负义的读者群争执起来，太原也在成为寡妇城市和光棍城市的可能性之间摇摆不定。

大刘、大角最后干脆抡起酒瓶打了起来,直到一名巡警制止了他们。两人摸着脑袋上的鼓包,达成了妥协,把目标的性别参数改成"*",完成了诅咒3.0的通配。也许是因为打架的干扰,或由于已经烂醉,他们谁也没动"太原市""山西省""中国"这三个参数。这样,诅咒4.0诞生了。

太原被诅咒了。

诅咒4.0诞生之际,立刻意识到了自己肩负的宏伟使命。由于这个目标太宏大了,诅咒4.0没有立刻行动,而是留下足够的时间让自己充分繁殖,以达到操作所需的足够数量,同时互相联系,慢慢形成一个统一行动的整体。行动的总原则是:对诅咒目标的清除首先从软性操作开始,然后过渡到硬操作,并逐步升级。

十小时后,晨曦初露时,操作开始。

软操作主要针对敏感的、神经脆弱的和冲动型的目标,特别是那些患有抑郁症和狂躁症的男女。在这个心理病和心理咨询泛滥的时代,诅咒4.0很容易找到这类人。在第一批操作中,三万名刚从医院完成检查的人被告之患有肝癌、胃癌、肺癌、脑癌、肠癌、淋巴癌、白血病,最多的是食道癌(本地区高发癌症),另有两万名刚验过血的人被告之HIV阳性。这些诊断并非简单伪造出来的,而是由诅咒4.0直接操纵B超、CT、核磁共振仪、血液化验仪等医疗检查设备得出的"真实"结果。即使去不同医院复查,结果也一样。这五万人中,大部分都选择了治疗,但有四百多人本来就活腻歪了,得知诊断结果后立刻一了百了,以后还陆续有做此选择的。随后,五万名敏感的、抑郁的或狂躁的男女都接到了配偶或情人的电话。男人听到他们的女人说：你看你那个熊样屁本事没有你还像个男人吗我已经和某某好了我们很和谐很幸福你去死吧。男人对他们的女人说：你已人老珠黄其实你当初就是恐龙我瞎了眼怎么看上你的现在我和某某在一起我们很和谐很幸福你去死吧。诅咒4.0编造的情敌大都是目标本来就最讨厌的人。这五万人中，大部分都通过直接找对方质问而消除了误会，但也有约百分之一的人选择了他杀和自杀，其中一部分把两者同时做了。还有另外一些软操作，比如在已经势不两立、剑拔弩张的几大黑帮之间挑起大规模械斗，或把被判无期或有期徒刑的罪犯的判决书改成死刑并立即执行，等等。但总的来说，软操作效率很低，总共清除的目标只有几千人。不过诅咒4.0有正确的心态，知道大事是从一点一滴做起的，不以恶小而不为，所有的手段一定要都试到。

在软操作中，诅咒4.0清除了自己最初的创造者。在创造诅咒后的岁月中，诅咒始祖一直对男人倍加提防，二十年来一直用最现代化的手段监视老公，几乎成为谍报专家。但她突然接到一向安分守己的老公的电话，致使心脏病突发，送医院后又被输入进一步加剧心肌梗死的药物，死于自己的诅咒下。

五天后，硬操作开始了。之前的软操作在城市中引发的超常的自杀和他杀率已经引起了高度恐慌，但诅咒4.0仍需避免被政府发现，所以硬操作的第一阶段进行得很隐蔽。首先，吃错药的病人数量急剧增加，这些药的包装都正常，但吃下去的大部分一剂致命。同时，吃饭噎死的人也大量出现，都是"工作丸"在嗓子眼儿膨化所致；还有少部分是撑死的，因为"工作丸"的压缩密度大大超标，那些食客掂着沉甸甸的小丸，还以为物超所值呢。

第一次大规模清除操作针对自来水系统展开。即使对于一切受控于网络人工智能的城市，把氰化物或芥子气加入自来水中也是不可能的，所以诅咒4.0选择了两种无害的转基因细菌，它们混合后能产生毒性。这两种细菌并不是同时加入自来水系统中，而是先加一种，待其基本排净后再加第二种。两种细菌的混合其实是在人体内进行的。后一种细菌与残留在胃和血液中的前一种细菌发生作用，生成毒性。如果这时仍不致命，那目标去医院取到的药物再与体内已有的两种细菌发生反应，做完最后的事。

这时，省公安厅和国家AI安全部已经定位了灾难的来源，针对诅咒4.0的专杀工具正在紧急研发中。于是，诅咒操作急剧加速和升级，由隐藏的暗流变为惊天动地的噩梦。

这天早晨的交通高峰时段，从城市的地下传来一连串沉闷的爆炸声，这是地铁相撞的声音。太原市的地铁建成较晚，设计时正值城市成为暴发户的时候，所以十分先进，磁悬浮列车在真空隧道中运行，以高速闻名，被称为"准时空门"，意思是从起点进去后很快就能从终点走出。因此它们的相撞也格外惨烈，地面因爆炸而隆起一座座冒出浓烟的小山包，像城市突然长出的恶疮。

这时，城市中的大部分汽车已被诅咒4.0控制，成为进行诅咒操作最有力的工具。一时间，全城上百万辆汽车像做布朗运动的分子那样横冲直撞。但这种撞击并非杂乱无章,而是遵循着经过严密优化计算的规律和顺序,每辆车首先尽可能多地清除车外行走的目标。所以在混乱初期,发生撞击的车辆并不多,每辆车都在追逐并冲撞行人。车与车之间密切配合,对行人围追堵截,并在空地和广场上形成包围圈,最大的包围圈在五一广场,几千辆汽车围成一圈向中心撞击,一下子就清除了上万个目标。当外面的行人几乎都被清除或躲入建筑物后,汽车开始撞向附近的建筑物,以清除车内的目标。这种撞击同样是经过精密组织的。对于人口密集的大型建筑物,车辆会集中撞击,后面冲来的车会蹿到前面已撞毁的车上面,就这样一层层堆起来。在市里最高建筑——三百层的煤交会大厦下面,车辆堆到十多层楼高,疯狂燃烧着,像是要火化大厦的一圈柴堆。在大撞击的前夜,市里出现出租车集体排长队加油的奇观,所以撞击时它们的油箱都是满的。与此同时,从城市两个机场强行起飞的上百架民航飞机也纷纷在市区坠毁,像一堆巨型燃烧弹,加剧了火势。

政府发出紧急通告,宣布城市处于危机状态,呼吁人们待在家中。这个决定最初看来是正确的,因为与大型建筑相比,居民楼遭到的袭击并不严重,这是因为居民区的道路显然不像城市主要街道那么宽敞,大撞击开始后不久就堵塞了。但很快,诅咒4.0把每户人家都变成死亡陷阱——煤气和液化气全部开放,达到爆燃浓度后即点火引爆。一座座居民楼在爆炸中被火焰吞没,有的建筑甚至被整座炸飞。

政府的下一步措施是全城断电,但这时城市中已经没电了,诅咒4.0失去了作用，但它已经成功了。

整座城市陷入一片火海，火势迅速增大，其猛烈程度甚至产生了第二次世界大战时期德累斯顿大轰炸的效应：城内的氧气被火焰耗尽，人即使逃离火区也难逃一死。

由于很少接触上网的东西，同其他盲流哥们儿一样，大刘和大角逃过了诅咒4.0最初的操作。在后期操作开始后，他们凭着在城市中长期步行练就的技巧，以与其高龄不相称的灵活躲过了多次汽车冲撞，又凭着对市区道路的熟悉，在大火初期幸存下来。但情况很快变得愈加险恶。整座城市变成火海时，他们正在还算宽阔的大营盘十字路口中心。令人窒息的热浪开始笼罩一切，周围高层建筑中的火焰像巨型蜥蜴的长舌般舔过来。描写过无数次宇宙毁灭的大刘惊慌失措，而作品充满人文主义温情的大角却镇定自若。

大角拂须环视着周围的火海，用悠长的语调说："早知毁灭如此壮观，当初何不写之？"

大刘两腿一软，坐到地上，"早知毁灭这么恐怖，当初写它真是吃饱撑的！唉，俺这个乌鸦嘴，这下可好……"

最后他们达成了一致见解：只有牵涉到自个儿的毁灭才是最刺激的毁灭。

这时，他们听到一个银铃般的声音，像火海中的一块晶冰："刘和角，快走！"循声望去，只见两匹快马如精灵般穿出火海，马上是SFK编辑部最漂亮的两个长发MM，她们把大刘、大角拉上马背，骏马在火海的间隙中闪电般穿行，飞越过一排排燃烧的汽车残骸。不一会儿，眼前豁然开阔，马已奔上汾河大桥。大刘和大角深吸着清凉的空气，抱着MM的纤腰，脸上感受着她们长发的轻拂，觉得这逃生之路真是太短了。

过了桥就基本进入安全地带，他们很快和SFK编辑部的其他人会合，骑上高头大马。这威武的马队向晋祠方向开去，吸引着路边步行逃生者惊羡的目光。大刘、大角和SFK的编辑都看到，幸存者的队伍中还有一个骑自行车的人。之所以注意到他，是因为这年代自行车也都由网络控制，诅咒4.0早就把所有的自行车完全锁死了。骑车的是一个上了年纪的男人，他就是撒碧。

由于早年被诅咒病毒骚扰，撒碧对网络产生了本能的恐惧和厌恶，在生活中尽可能地减少与网络的接触，比如他骑的自行车就是一辆二十年前的老古董。他住的地方在汾河岸边，靠近城市边缘。在大撞击开始时，他就骑着这辆绝对没有上网的自行车逃了出来。其实，撒碧是这个时代少有的知足者，对自己艳遇不断的一生很满足，就算这时死了也毫无怨言。

马队和撒碧最后上了山，大家站在山顶呆呆地看着下面燃烧的城市。狂风呼啸，掠过周围的群山，从四面八方刮向中心的太原盆地，补充那里因热力而上升的空气。

距他们不远处，省政府和市政府的主要成员正在走下载着他们逃离火海的直升机。市长的口袋里还装着一份发言稿，那是为即将到来的城庆日准备的发言。确定太原城的诞生日期颇费了番周折，专家称，公元前497年，古晋阳城问世，历经春秋、战国至唐、五代等十数个朝代，太原一直是中国北方的军事重镇。

从公元979年赵宋毁太原，新兴的太原又先后在宋、金、元、明、清等数朝中崛起，它不仅是军事重镇，而且发展成为著名的文化古城和商业都会。于是，政府提出了城庆口号：热烈庆祝太原建市两千五百年！

现在，历经了二十五个世纪的城市正在火海中化为灰烬。

这时，携带的军用电台终于接通了中央，得知救援大军正在从全国四面八方赶来，但通信很快又中断了，只听到一片干扰声。一小时后他们接到报告，救援队伍已停止前进，空中的救援机群也已转向或返回。

省 AI 安全局的一名负责人打开笔记本电脑，上面显示着最新编译的诅咒 5.0 的代码。在目标参数中，"太原市""山西省""中国"已被换成了"*""*""*"。

邮差

从某个地方到故乡

文 / 闰年

科幻硬阅读
DEEP READ
不求完美 追逐极致

◆ 1 ◆

"醒了?"

薛竹艰难地睁开眼,花了十几秒时间来开机自检,就像睡过头的普通人一样呆愣着回神。接着他才意识到自己正深陷在一辆货车的副驾驶座里,说话的人坐在他旁边,看起来四五十岁,没有受过改造。

货车节律地颠簸摇摆,窗外是一望无际的荒凉。薛竹问司机:"这是哪里?我昏迷了多久?你是谁?"

"问题挺多。"司机嗤了一声,轻蔑地笑了,"等我抽根烟再回答。"

司机从底座下面摸出一根烟——看起来像是自己卷的,驾轻就熟地单手点上。

"一个个来。我姓罗,你叫我老罗就成。"老罗好像是故意要吊他胃口,挑了最后一个对他来说最无关紧要的问题优先回答。

薛竹不耐烦地看着老罗，老罗却不理会他不怀好意的眼神，一边开车一边自在地吞云吐雾。

"下一个问题，你昏迷一整天了。"随后老罗补充道，"其实说宕机更合适吧？"

一整天……这个身体已经时日无多了，薛竹想。

"你是怎么发现的？"

"这还不明显？我费了半天劲才把你搬上车，哦，还有你背着的那个袋子。话说那个袋子里装的是你原来的身体？"

他一惊：“袋子！对了，袋子呢？”

"别急，我搁座椅后边儿了。"

薛竹赶忙开始找袋子，还好，确实如同老罗说的放在了座椅后面。他打开袋子确认了一下，完好无损，然后宝贝似的护在了怀里。"不该问的别多问。这是到哪了？"

老罗又嗤了一声："嘁，比我还凶。前面马上到畿镇了。"

方向没错，薛竹想。

"哎！我辛辛苦苦载你这么久，又回答了你这么多问题，你准备付多少钱啊？"

"付钱？我可没钱。"

这次轮到老罗气急败坏了："开什么玩笑，你他妈是改造人！改造人！没钱？鬼信！我每天拉货跑这么多趟，图啥？还不就为了跟你们这些有钱人一样靠这玩意儿活命！"

薛竹愣了一下，他没有想到老罗居然会如此生气。薛竹说："为了把意识转移到机器里，我早就卖光了家里的所有财产。"

老罗沉默了一会儿："你得了绝症？"

"更多的，或许还是为了见我儿子一面吧。"薛竹叹了一口气，打开了怀里的袋子，"这里，我儿子。这是他原本的身体，我带他回去。"

老罗瞥了一眼，那张脸刀削斧凿却毫无生气。他出了神，烟灰忘了弹，掉下来一坨在裤裆上。

薛竹望向前方："让我下车吧，我把我身上所有的东西都给你。"

"你还能有什么值钱东西？"老罗忿忿地说道，"而且你到地方了吗？没到就给我坐好！"

"那麻烦在畿镇停一下，我快没电了。"

"靠！"

很久以前，薛竹也曾开着这样的货车奔波于大大小小的公路上。他是个邮差，负责把邮件送往所有期盼它们的人手中。他对这份工作谈不上热爱，却必须靠它养活家人。薛竹将几乎所有的时间都投入工作之中，很少回家，与家人的关系自然而然变得疏远，最后甚至到了难以挽回的地步。在他的记忆里，儿子的性格乖张叛逆到不可理喻，每每有机会休假回家，各种传言便开始接踵而至。这与薛竹想象中的父慈子孝相去甚远，怒不可遏的他开始对儿子实施殴打，有几次甚至到了妻子都不得不跪下求情的地步。最后，当薛竹带着送给儿子的十八岁生日礼物回家时，得到的却是儿子离家出走的消息。

妻子悲痛欲绝，不断地控诉薛竹的暴行，可那时的薛竹却不为所动，一心想着到时该如何惩罚那个小子。

可直到妻子因病去世，薛竹也没能再见到儿子。

但生活却并没有因此而改变太多，薛竹依旧当着他的邮差。唯一的变化，就是他更没有必要回到那个原先的家了。他没有再娶，也没有去寻找离家出走的儿子，他相信鸟儿总有归巢的那一天，只不过在失眠的夜里，薛竹的眼角会淌出莫名的泪花。

后来，新技术挤压得薛竹失去了工作。直到这时，他才真正意识到什么叫作相思成疾，在病床上，薛竹开始思索自己曾经的言行，最后无一不是以掩面痛哭结束。这惩罚，对他未免也太过残忍了些。终于，在薛竹弥留之际，邻居送来了关于他儿子的消息。

"可我就要死了。"

"你是多少年不看新闻了？现在就算死人也有办法活下去。但是要花不少钱。"

"我可以卖掉所有的财产。"

◆ 3 ◆

"父亲?"

薛竹无数次地想象过与儿子重逢的场景,可他却从来没有想过会和一个铁皮疙瘩重逢。薛竹已经几乎要扬起他的手,可理智阻止了他。

"这么多年了,家也不回,一点消息都没有,现在还变成了这副德行?"

"发生的事情太多,我也不知道从哪里开始解释。"比起薛竹,儿子的电子音丝毫不加修饰——完完全全就是为战斗而打造的身体。

儿子打开了冬眠舱,小心翼翼地把自己原本的身体搬出来。他已经与当年大不一样了,这具身体拥有着令人艳慕的身材,但经年的戎马生涯却使他千疮百孔。他双目微阖,看起来就像睡着了一样。有那么一瞬间,薛竹觉得他的儿子真的只不过是睡了一觉,下一秒,他就会醒来,揉揉惺忪的睡眼打呵欠。然而,他的儿子——或者说这具身体,嘴唇青紫,鬓角凝结着白霜,看不出一丁点生气,只是一具没有灵魂的空壳。

儿子把自己的身体装进尸袋:"很奇怪,我感觉自己还活在这副身体里。我甚至能透过他的眼睛感受到我坚硬而冰冷的躯壳,听到我无情又冷峻的电子音,看见我发着红光的、令人颤栗的电子眼。我应该一直活在这副身体里,而不是这台机器里。"

薛竹问道:"那你为什么要这么做?为什么要舍弃原本的身体?"

对薛竹的儿子而言,父亲的语言总是如此简短有力,带着令人无法抗拒的威严。曾经有多少次,他蜷缩在这层威严下瑟瑟发抖,可突然间,他又是多么希望父亲的声音能再多驻留一刻。

"我不是在信里解释过吗,爸爸,"儿子说,"人类的身体在太空中脆弱不堪,既需要食物,又需要氧气,对于星际航行来说寿命也过于短暂,要想打败入侵者,必须要……"

薛竹摆摆手:"不是这个意思,我是说,你,为什么要选择这么做?"

儿子愣了一下,是啊,为什么呢?早年离开家参军,也不过是为了忤逆那个只能带给他恐惧的父亲,这么多年过去,当时的仇恨早已消弭,可他却依旧毅然决然地选择将自己的意识转移到机器之中。

"我不知道。"

"你的惩罚游戏,很成功。你的母亲很早就过世了,而我每一天也无不是在懊悔中度过。"

"你以为是谁的错?"儿子显得有些激动。

相顾无言。

"好了,"薛竹扛起尸袋,"我得走了。"

"等等,如果太重,我可以安排一辆车送你回去。"

"不了,我自己回去。"他背起尸袋,七十多公斤的重量对他来说仿若无物。

儿子目睹这一幕,忽然间,他仿佛触电一样警醒。从见到父亲起他就觉得奇怪,岁月仿佛在他的身上没有留下痕迹。因为他们,做了相同的事。

"这……我早该想到的!"儿子的电子音发颤,"您为什么要这么做?"

"我没得选。"薛竹笑笑,可惜表情并不是那么令他满意,"我早就死了。"

和儿子不一样,薛竹花光了积蓄,就是为了让儿子能在他们重逢时第一时间认出他来。薛竹的新身体,被打造得与原来的薛竹并无二致,就连声音也是如此。

"对不起。"儿子说。

"该道歉的是我。"薛竹回道。

他叹了口气,扛着尸袋走了出去。恍惚间,薛竹意识到,现在的工作与某种充满着神秘色彩的诡异职业重合了。不过他更想称自己为"邮差",这既是对他曾经职业的尊重,也是因为他并不认为自己背负的是一具尸体。

薛竹听到身后儿子颤抖的声音:"永别了……父亲……"

他没有回头。

◆ 4 ◆

"就到这里吧。"薛竹说。

"到了?"老罗问道。

"没,后面的路我自己走就行。"

老罗停了车,薛竹对他道谢。

"行了行了。"老罗不耐烦地摆摆手,开车走了。

靠近镇子的地方开始有了人烟,良田与群山呼应,黄牛甩着尾巴,所谓的改造人、星际战争,突然失去了实感——如果薛竹自己没有被改造过的话。当他还是那个邮差时,他从未注意过沿途的风景;直到放弃了作为人的身份,他才意识到这片土地是多么美丽。

步行从军区回来,他走了多久?不清楚。袋子里的身体在冬眠舱的影响下很难腐烂,这让他有一种儿子随时会醒来的错觉。他突然记起来,那个房间好像不止一个冬眠舱。他思忖着,一个词突然冒了出来——太平间。他摇摇头,晃掉了这个阴暗的想法。他们还想回来,想回到地球,想回到他们原本的身体。所以军方把他们的身体用冬眠舱保存起来,为的就是让那一个个漂泊的灵魂在未来的某一天,能够回到他们原本的安身之所。

可是，背上的尸袋……薛竹黯然，他的儿子知道自己的命运，所以才在临走前将自己唯一的念想寄托给了他的生父。他是抱着必死的决心上战场的，或许也有许许多多的人和他一样，可他们并不敢承认。

突然，薛竹一个趔趄栽倒在地上，背后的尸袋几乎要把他压得散架。他查看自己的腿，不知道什么时候，关节上的皮肤已经磨损脱落了。他看到那里布满了猩红的锈迹。

时间真的不多了。

◆ 5 ◆

一路上，薛竹仿佛朝圣一般，穿过了数不清的城市，走过了一条条没有尽头的道路，也接受了其他人的帮助。他好像记不清自己为什么要拒绝儿子的安排了，又或许，这样一次旅程早就已经在他的心中生根发芽。他讲不清个中缘由，不过，冥冥之中背负儿子的身体回到故乡，成为他的使命，他的命运。

周围的景物慢慢变得熟悉起来，快到了。这么久以来，薛竹第一次如此迫切地想要回家。他的拟真皮肤因为风化而剥落，露出阴森骇人的铁骨；关节锈蚀入髓，甚至偶有火花迸溅；尸袋成了真正意义上的累赘，他近乎佝偻成了枯树，举步维艰。改造了自己之后，一时间，他忘了累是一种什么样的感觉，但现在——他是真的很累很累了。

他的家乡一如临走时的安宁，农田、矮房、远处时有时无的狗吠，那些如魔法一般的新技术似乎并不能在这里留下点什么。自己这副模样，恐怕还会吓到路人吧？不过他的目的只有一个，没有什么能阻止他。

薛竹慢慢地、慢慢地挪到了北边的荒山脚下，这是他曾经埋葬妻子和他自己的地方。他选定了一块空地，放下尸袋，这才意识到，自己没有任何工具来埋葬儿子的身体。于是他开始用手一捧一捧地刨土，老化的躯体使他显得无比笨拙。原来机器老了和人老了没有什么区别——他想，然后自嘲地笑笑，没笑出来。

他挖了一天一夜的土，终于挖出来一个大小合适的坟墓。他把尸袋拖进去，打开拉链，那具身体依然美丽而完整。他的意识，或者说是灵魂，依然活跃在宇宙中的某个角落，永远不会消弭。

但这次是真的永别了。薛竹合上拉链，将泥土一捧一捧地覆盖上去。这又花了他一天一夜的时间。终于完成时，他已经彻彻底底无法动弹了，只剩下烛火般的意识在模拟神经中跳动。

是不是还缺了些什么？

对了，还缺一个墓碑。

不过正好有一个。

薛竹陷进泥土，最后一块皮肤残片轻轻飘落，这副身体已经彻底不成人形了。烛火熄灭，但沙子或许明年就会褪去，到那个时候，野草会爬上他的躯壳，蚂蚁将在他的脚下安家。

微风从远方来，带走他的故事，又向远方归去。

忒修斯之子

身份迷案

文 / 索何夫

邦联奥兰尼斯殖民区治安委员会档案编号 V\E-262-033

文档类型：即时通信记录\法庭证据

录制\提交者：奥兰尼斯巡回治安队第12治安分队\贝塔行动小队

——录音开始——

助理治安员亨利·林（以下简称治安员林）：我们逮住那家伙了，长官！目标已经进入视距之内，神经枪射击准备就绪！

一级治安员克拉克·波尔（以下简称治安员波尔）：暂时不要开火！嫌犯，这里是治安队分队长波尔，我们已经锁定了你的位置。继续逃避是徒劳的，任何使用暴力进行抵抗的行为将有可能招致致命武力处置。但只要你配合我们的执法活动，我们将确保你的人身安全，并保证你得到本地区法律所规定的一切正当权利。从现在起，你的一切发言将——

嫌犯：我知道，作为呈堂证供并具有法律效力，对吧？好吧，好吧，我配合你们的行动，看，我现在手里没有任何武器，我也不打算逃跑——就算我现在真的想这么做，跑不出十码远也肯定得被你们的神经枪放倒，这种费力不讨好的事儿我可不想干。嘿，那边那个谁，麻烦给我点喝的行不行？我的喉咙现在都可以拿来当烘干机了。

治安员林：拿去。但我警告你，如果你想耍……

嫌犯：别这么紧张好不好？你们难道真的以为我还能耍什么花招？一个人对付两个全副武装的大男人，就凭我现在这德行？拜托，伙计们，为了找到你们，我可是花了不少工夫呢。

治安员波尔：找我们？！

嫌犯：当然。我又不是傻瓜——既然在这兔子不屙屎的破卫星上总共只有一架可以离开星球表面的穿梭机，而那玩意的等离子引擎又已经在我来得及开着它离开大气层之前就报销了，那我还有别的什么选择吗？哦，我承认，这里某些地方的风景倒是不错，如果撇开黑兽和奥兰爪兽不提的话，要在野外生存也不是特别难的事儿。但可不是每个人都希望当一辈子鲁滨逊的。

治安员波尔：既然如此，那我想，你应该就是越狱者莱姆斯·克莱斯顿，编号——

嫌犯：当然不是！我——古地球在上！在这瓶子里到底是什么鬼东西？加了醋的山羊尿吗？

治安员林：你这没文化的家伙！这可是鲜榨的欢乐谷酸枣汁，知不知道这玩意儿现在有多贵？！嗯？

治安员波尔：算了，我看他多半不知道。要知道，在他刚进号子的时候，欢乐谷星还没有完成地球化改造呢。让我想想……有期徒刑一千三百五十年，对像他这样的人而言，这可真是非常合适的惩罚，不是吗？

嫌犯：抱歉，你刚才说谁那样的人？

治安员林：难道你不是已经承认了你就是编号 R-E-4010 的莱姆斯·克莱斯顿吗？

嫌犯：我说过我是吗？

治安员林：可是……

治安员波尔：够了！先带这家伙上巡逻机，别的事待会儿再说。这下面不安全！

治安员林：呃？

治安员波尔：机载电脑刚刚检测到有不下二十个不明生物信号正朝这儿接近，速度非常快！

治安员林：什么样的生物信号？我们也许可以——

治安员波尔：我不知道，不过和已知记录中的所有资料均不吻合，而且这些家伙每个都大得足够把我们当成今晚的餐前点心。小子，要是你愿意献身科学、到它们的消化道里获取这些新生物的第一手资料的话，我倒是不反对。但在那之前，你最好先把这趟活儿给我干完。

治安员林：呃……是的，长官！

治安员波尔：好了，嫌犯。我们现在已经安全了，而在治安委员会的穿梭机接我们离开这里之前,我们还有几个小时的时间 —— 我相信,这点时间足够用来弄清楚一些最基本的问题。当然,根据邦联宪法与奥兰尼斯殖民区刑法典,你有权在接下来的讯问中保持沉默,或者要求对我们的谈话不予正式记录。如果你选择后者,我们的谈话内容将仅仅作为正式开庭时的参考,而非具备法律效力的证词。除此之外,你是否需要申请立即进行快速心理学鉴定,以确定你没有精神疾病或者 ——

嫌犯:不必了。虽然我这些日子过得实在算不上称心如意,但我对自己的脑子还是有那么点自信的。

治安员波尔:很好。那么,以下就是我的第一个问题 —— 你是否承认你是莱姆斯·克莱斯顿,编号 R-E-4010,于十六个邦联标准日之前从新凯尔盖朗监狱 1 号监区越狱?

嫌犯:我否认。

治安员林:胡说八道!长官,我刚才已经通过安全委员会的内部网络比对过他的生理数据,这家伙的数据和数据库里的资料相符比例高达百分之九十九点九二,而且他体内的生物芯片显然是在新凯尔盖朗监狱的医务中心植入的。除此之外,我在他随身携带的求生工具包上发现的编号 ——

治安员波尔:专心开你的飞机,小子。负责讯问的人是我!

治安员林:唔……遵命,长官。

治安员波尔:好了,你刚才也听到我那位伙计的话了。对于这些显然与你刚才的答复相冲突的证据,你打算作何解释?

嫌犯:解释?不,我不认为我有必要否认它们的真实性 ——

因为你的同事刚才所说的一切均为事实。我确实在新凯尔盖朗待过好些年,也的确接受过那儿的生物芯片注射。在十六个标准日前,我从那儿的机库借了一艘穿梭机,可惜负责检修那玩意儿的家伙似乎偷了太多懒。然后嘛……我就在这儿了。

治安员波尔:真是有趣。既然你已经承认了这些事实,那么为什么又否认我的第一个问题?

嫌犯:原因很简单——我从来没有违反过任何一个邦联成员国颁布的任何一条刑法法条,就我所知,这也就意味着,按照邦联的现行司法制度,我是一个完全无辜的人,没有任何理由继续待在监狱里。换言之,我离开监狱的行为也不能被称为越狱——如果愿意的话,你可以认为这是一种合法的自力救济行为。

治安员波尔:自力救济?那么你认为你是被冤枉的?但就我所知,在法庭审判的时候,你似乎——噢,让我瞧瞧,当控方律师当庭公布证据,证明你在欢乐谷星居住区建设工程中偷工减料、接受贿赂,并最终导致超过一万六千人因为居民区检疫隔离手段不足而死于一种当时尚未得到有效针对性预防的当地真菌的感染后,你主动放弃辩护并承认了全部指控……

嫌犯:很抱歉,但恕我直言,在法庭上放弃辩护并承认那些指控的人是前欢乐谷殖民地建筑质量安全委员会的主席莱姆斯·克莱斯顿,而那个人在一百九十一年前——也就是他入狱后的第五年——就已经死了。

治安员波尔:你的意思是……

嫌犯：没错。他在前往新凯尔盖朗服刑的第二年就被查出了脑脊液沉淀硬化症——那是一种欢乐谷人的祖先因为基因改造中的疏漏而产生的罕见遗传疾病，大约在一个世纪前就已经通过进一步的基因修正而被消灭了。到了第五年的五月，他因为无法忍受病痛的折磨而自愿接受了安乐死。他的遗物被转交给法定的继承人，而遗体则被高温消毒后绞碎做成肥料，用于培养监区生态馆内的古地球植物。

治安员波尔：但对于某些人而言，生理学角度上的死亡并不是结束——我想我们俩都清楚这一点，先生。

嫌犯：是啊，从某种意义上讲，我还真得感谢塞德里克·希尔教授，要不是他发明了可靠的意识数据化与传输技术，我也不可能在这儿和你聊天了。要是我没记错的话，那个老家伙原本是打算让他自己——当然，还有他的资助者们通过克隆体获得某种意义上的永生。但讽刺的是，最终得以享受这种技术的却只有这个宇宙中那些最卑劣、最下流、最可鄙的罪犯们——在大多数人眼里，"死亡面前人人平等"这条铁律是不容破坏的，只有一种理由可以让他们为之破例。

治安员波尔：的确。在有了这种技术之后，某些家伙就再也不能依靠死亡逃避惩罚了——比如说那位你坚决宣称不是他的克莱斯顿先生。

嫌犯：我当然不是克莱斯顿——而且我也同意，区区五年的苦役和几十天的病痛对这种利欲熏心、无视他人人身安全的贪官污吏而言的确有那么点……不够。事实上，这正是意识数据化与传输技术运用于刑罚领域的绝妙之处：在蛮荒黑暗的前技术时代，人们一度使用残酷的肉刑来对付罪犯，但哪怕撇开至关重要的公正性问题不谈，即便是最可怕的酷刑也会面临一个问题，那就是人类肉体对痛苦承受的有限性与犯罪规模的无限性之间的矛盾；而当人类变得更加文明之后，用于取代肉刑的长期监禁又因为人类寿命的有限性而遭遇了同样的困境。在那时，一个穷凶极恶的家伙或许会被判数百年或数千年监禁，但就刑罚的根本目的——对潜在犯罪行为的威慑——而言，这种判决的威慑能力却与数十年监禁没有任何实质性的区别。毕竟，无论被照顾得再好、享受再全面的医疗护理，甚至再用上基于基因改造的延寿技术，每个自然人最终都仍然会屈从于埋藏在他们基因最深处的召唤，步入万劫不复的毁灭深渊。但是，当这一最后的遁逃之薮也不复存在之后，长期监禁的威慑力就实实在在地显现了出来：尽管由于热力学定律的限制，真正意义上的无期徒刑仍然不可能实现，但罪犯却有可能被货真价实地监禁数千年、上万年，在一次又一次的生命中弥补他对这个世界犯下的罪行……

治安员波尔：除非他决定采取唯一一种可能使他逃脱这种处境的措施。

嫌犯：一种？不，请容我更正：恐怕这样的措施不止一种。

治安员波尔：不止一种？

嫌犯：我知道您刚才想要表达什么意思，治安员先生——没错，在通常情况下，只有越狱才能让一名被判处上千年监禁的重罪犯有机会逃离一次又一次全新但却毫无变化的生命、不必继续面对漫长而绝望的未来。但是，发生意外的可能性永远是存在的——而在新凯尔盖朗发生的正是这样的一次意外。我相信您应该知道，为了确保意识数据化设备的可靠性，每过一段时间，流动技术小组就会前往各个监区对设备进行调试。按照规定，测试员们会以本人为复制模板进行这样的测试——

治安员波尔：哦，我知道——在参加治安员考试之前，我也在这一行干过两年。不过要是我没记错的话，在这种测试中，测试员只会备份自己的记忆，而且一旦测试结束，这些数据化的记忆就会被删除。

嫌犯：的确。但不幸的是，正如古地球时代一个叫温斯顿什么的政治家说过的那样："历史是由无数个活见鬼组成的"。而我恰恰就碰上了这无数个活见鬼中的一个：在完成测试之后，监狱系统的计算机不但没有自动删除我留下的记忆备份，还将它作为永久性文档归档保存了起来；而不幸的是，我的助手凡·谢林在测试结束后也没有按照规定检查计算机的全部记忆体。一次偶然或许不会造成任何改变，但当两次偶然以一种可怕的精准度相互遭遇时，它们就会像混合在一起的二元化学毒剂一样释放出可怕的结果。

治安员波尔：你是说……我明白了。那你现在到底是——我是说，自认为你是谁？！

嫌犯：我是一级计算机程序员戴·阿文索，至少我是这么认为的。

治安员林：但资料显示戴·阿文索还活着！他现在正就职于——

嫌犯：我可没说我就是生物学意义上的戴·阿文索本人。每当我从镜子里看到自己现在的面容时，我所见的一切都会无情地提醒我这一点。没错，我的理性使我知道我不是戴·阿文索，但我的情感却又只能这么认为。因为我记得他经历过的一切、懂得他学到过的一切，我品尝过他每一次成功的甜蜜，也咀嚼过他每一场失败的苦涩——至少，我无法迫使自己相信这些不是真实存在的。

治安员波尔：但你怎么会——

嫌犯：古地球在上！你难道还猜不出发生了什么事吗？！莱姆斯·克莱斯顿，那个太空跳蚤养的贪污犯在一次作为劳役任务的计算机例行维护中发现了那份备份，而他受过的教育——虽然已经过时了一个世纪——恰好让他足以明白该如何把这份从天而降的馅饼吃进嘴里。在他的第三次人生的最后两年里，那老杂种费尽心思破坏了监区内的两套自动监控装置，为它们输入了虚假的监控记录，然后又黑进了计算机系统，安插了一个自编的病毒软件，这个软件非常简单、极易被忽视，但却相当管用：一旦他又一次寿终正寝，监狱的医务系统开始将他的意识与记忆向新的躯体中传输时，这个软件将会混淆两份不同数据的序列号，用戴·阿文索留下的记忆顶替他自己的玩意儿——而你们已经看到了这一切的结果。

治安员波尔：也许你说的这些都是真的。但你也承认，被调包的仅仅是数据中的记忆部分。换言之，你的人格与基因仍然是莱姆斯·克莱斯顿的。从本质上来讲，你就是他，而你所拥有的不过是一点儿因为一连串失误而保留下的虚假的记忆罢了。

嫌犯：虚假的记忆？！治安员先生，恕我不能同意你的观点。

治安员波尔：为什么？

嫌犯：你听说过忒修斯之船的故事吗？当雅典人的领袖与伟大的立法者忒修斯结束历险、荣归故里之后，雅典公民们保留了他的航船作为他英雄业绩的见证。但是，随着岁月的推移，即使是最精美坚固的船也开始变得腐朽破败，于是雅典人不得不为那艘船装上一块又一块全新的船壳与甲板，用仿制的桅杆换下那些摇摇欲坠的朽木，将新一年采收的棉花纺成厚实的帆布，替换已经被蠹虫与衣蛾蛀得千疮百孔的旧帆，用刚从地壳中开采出的铜制成的部件替换掉原有的金属零件……直到有一天，人们愕然发现，那艘"忒修斯之船"已经没有一丝纤维、一片木板来自当年与忒修斯一同渡过爱琴海的惊涛骇浪的那艘船了。

治安员波尔：我听说过这个故事，但这又能说明？

嫌犯：这能说明很多东西，治安员先生。想想看，雅典人为什么会继续对那艘已经没有一丝一毫成分仍属于真正的"忒修斯之船"的仿制品继续顶礼膜拜？很简单，因为在他们的记忆中，被他们放在神坛上膜拜的船和那位伟大的英雄与立法者之间早已画上了牢不可破的等号，忒修斯之船早已成了一个精神象征和一个存在于客观现实中的象征性符号，只要这个符号存在，它就不是"虚假"的——但假如我们现在制造一艘它的仿制品，那可就另当别论了，因为忒修斯之船并不是我们的精神象征。

治安员波尔：所以——

嫌犯：所以，从某种意义上讲，一个一次又一次因为衰老和事故而死亡，但却依靠克隆技术与意识\记忆数据化传输再次"返回"人世的人也和那艘船毫无二致：构成这些人身体的每一个蛋白质大分子都不再来自过去的那个罪人，而他们的意识——恕我直言，尽管我们经常将其等同于形而上学语境之下的"灵魂"，但那事实上不过是人脑神经网络中电信号系统的一种运作状态而已——也不过是过去意识的翻版，相互之间的关系并不比两本用同一块雕版印刷的图书更接近多少。换言之，只有记忆才是决定他或者她之所以仍然是早已死去的那个人的关键因素。只有当被惩罚者知道他身为何人，而又为何遭受惩罚时，惩罚本身才是有意义的；而一旦连记忆也不复存在，那么接受惩罚的要么不过是一具无知无觉的行尸走肉，要么是一个蒙冤负屈的无辜者。

治安员波尔：而你自认为是无辜者？

嫌犯：我难道不是无辜的吗？如果不是，那么你能否告诉我，我到底犯下了什么罪状？

治安员波尔：我……呃……我不知道。作为治安员，我只有进行讯问取证的义务，而没有主持审判的权力。只有法庭与陪审员才有权就你是否应当受到刑事制裁作出判决，而你刚才所说的一切都将成为正式开庭时的证词。

嫌犯：理应如此。

治安员波尔：既然如此，你还有什么要说的吗？

嫌犯：当然有！说了这么多话，我现在有点儿口渴了，你能不能替我弄点儿喝的来?给我一杯纯净水就行,明白吗?纯净水,我可不想再喝那些掺了醋的山羊尿了。

——录音结束——

黎 明

战后人间

文 / 焦策

◆ 1 ◆

第51天，珠穆朗玛峰北坡第一台阶营地，海拔7 007米

火升起来了，昏暗的帐篷里逐渐变亮，让这个不足10平方米的小空间显得略微有些生机。

我把一口铁锅架在火上，小心翼翼地沿着锅边贴满生肉干，然后抱了一捧雪扔在锅里。铁锅立刻发出"嗞嗞"的响声。

火堆旁坐着我们的队长柴虎，此时他正以一种奇怪的姿势在本子上写字。由于这里海拔高、气压低，他的笔无论怎样都不出水。无奈之下，他只好用嘴含住笔管，然后轻轻往里吹气，这样才能写出字来。他的头随着手的位置而移动，那样子就像一部老式的打字机。

"你的样子很奇怪。"我说。

"是吗。"柴虎瞥了我一眼，把笔管吐出来。一不小心，口水滴到本子上，他连忙难为情地擦掉。

"你的身体机能怎么样？"他一边拭着嘴角，一边问。

"还算良好。"我晃了晃金属的双臂,火光让它镀上一层橘色的光泽。

"检查一下你的机械部分。"他随手从身后拎出工具箱,冷冷地说:"明天要走一整天,你可别拖我后腿。"

我下意识地摸了摸自己的胸口,一颗人类的心脏正在金属的胸腔内有力地跳动着。

"非人体组织86%。"我自言自语着,同时接过柴虎递过来的工具箱。

火燃得更旺了。而此时在帐篷外面,风正卷着雪粒呼呼地刮着,黑漆漆的冰原一眼望不到边际,这顶小帐篷紧紧地扎根在冰原上,就好像是一粒橘红色的纽扣。

◆2◆

从1号营地出来,已经是上午10点,但天空依然是灰蒙蒙的。头顶的黑灰色云层又密又厚,那是由无数直径小于2毫米的碎石和矿物质粒子与冰晶混合而成的颗粒。在"大爆发"时期被火山喷发出来,一直悬浮在空中。

按照以往的情形,在这里能够直接看到珠穆朗玛峰的峰顶,还有从北坡爬上去的路径。只是现在这些景物全看不见了,云层齐刷刷地把峰顶剪掉,整个珠穆朗玛峰就像是一位没有了头颅的帝王。

"你在看什么？"柴虎正在将帐篷收起来。

"云层很厚。"我仰望着云层，说道。

他放下手中的活儿，直起腰，把护目镜推了上去。

"薄的地方有半华里厚，有的地方厚度能达到2公里。"

"范围有多大？"

"亚欧大陆的三分之二。"

"这么大！？"

"哼。"柴虎轻嗤一声，说："420座活火山，13个月不间断喷发，大量的尘埃聚集到对流层。阳光遮蔽、高空风减弱、地转偏向力作用……幸亏我没活在那个年代。"

"现在也不好过啊。"我说。

柴虎默不作声，帐篷已经收好，我们开始向登顶前最后一处营地进发。这时的风力更强了，空气中的雪粒被风吹起，只要一呼吸就会引起剧烈的咳嗽，于是柴虎用衣领裹住口鼻，借助冰爪和雪杖艰难地在风雪中前行。

我踩着齐膝深的雪，紧跟在柴虎身后。放眼望去，所有通往峰顶的路径都隐没在风雪中，只有一条黑褐色的山脊，直直插入黑云深处，看不到尽头。

◆ 3 ◆

第 52 天,珠穆朗玛登顶营地,海拔 8 018 米

今天的状况有些糟糕。我们先是在北坳的断崖边丢失了炊具,后来柴虎又在 7 800 米处扭伤了手臂,最后一副雪杖也断掉了,而且他开始间歇性地哮喘,这是高原反应的前兆。

我燃起篝火。柴虎的嘴唇有些发紫,汗珠也密起来。

"一会儿暖和了,你会感觉好点儿的。"

柴虎皱了皱眉,说:"心跳得有点快,别的……都还好。"

我伸手握住他的胳膊。

"脉搏 121。高压 110。低压 59。"

"没事,不用管我。"他说着闭上了眼睛。

我把帐篷的边缘用重物压实,以免寒气漏进来。

"今天的经幡你看见了吗?"我对柴虎说。

"7 200 米那儿的?"

"对。"我接着说,"下面有标尺,标尺旁有个石碑,碑上……"

"碑上刻的都是死在这里的人的名单。"

我点了点头。柴虎张开眼睛,两眼凝视着帐篷的顶端,仿佛要把它看穿似的。

"人都不想死,他们也都不知道自己最后会死在这雪山上……傻了吧唧的家伙们……"

"可是他们死得其所,或许这就是人生的意义。"

"意义!?"柴虎半坐了起来,"我看是可怜的虚荣吧。"

"那你登顶过那么多次,都没有意义吗?"我问。

柴虎冷笑着说:"'意义'对我来说已经死了。"

"我不信。"

柴虎剧烈地咳嗽起来,过了好一会儿,才把不适的感觉压住。

"ST02,你记住,"柴虎一本正经地说,"有些人活着为了虚无缥缈的东西。可我活着就是为了自己。之前我登珠峰,只因为'它在那儿',我要做的就是征服它。你听明白了?"

"那这次呢?"

柴虎迟疑了一下,瞪着我说:"你今天话很多。"

他显然是在嘴硬,可我默不作声。柴虎把防风衣卷了卷,塞到枕头底下,重新躺好。

◆ 4 ◆

第 53 天，珠穆朗玛峰北坡，海拔 8 517 米

受到山间气流的影响，从昨晚开始北坡出现强降雪天气，通往峰顶的所有道路都被覆盖上了将近 60 公分的雪。零下 50 ℃的低温导致雪刚落到地面就结成了冰。我的左腿轴承被冻坏，传动装置完全失灵，它现在就像一根冰棍在支撑着我。

柴虎在前面艰难地挪动。冰凌和风化石像利刃一样阻碍着我们，每爬一步就会滑退半步，两个多小时才行进了不到 1 公里。然而他时不时转过身，催促我跟上他的脚步。

"你跟不上就会死！"他在风雪中大声喊着。

"机器人死不了。"风淹没了我的声音。

他已经超过 8 个小时滴水未进了，持续的高山反应让他看上去像是在打摆子，可他依然坚定地向前走着。我真搞不懂，总觉得他才是机器人。

我们此时已经进入黑云层的内部，四周一片灰蒙蒙的，就连雪花也是灰色的。这感觉不像是黑夜，也不像沙尘暴，倒更像是黎明前那种连绵不绝的苍茫。

"或许创世之初就是这种状态吧……"我心里想着。这种混沌包裹着我们，包裹着整个珠穆朗玛峰。

我抬头望去，依然看不到峰顶。

忽然，前面的柴虎猛地挺直了身子，随后像一扇门板一样直挺挺倒下去。我见状连忙丢开行囊爬向他。

"怎么样？"我左手托起柴虎的头。因为缺氧，他的脸色紫青，嘴唇又肿又胀。

"不太……好……"他的嘴唇翕动着，气息很微弱。

我摸着他的胳膊，滚烫。并且传感器显示他的脉搏竟然达到每分钟210次！

"下山吧。"我冷静地说。

柴虎眼神已经迷离，但他还是摇了摇头。

"不。"

"距离峰顶还有440米。"

"扶我上去，我可以的……"

"你到不了的。"

柴虎喘着粗气，肺部发出金属般的哮鸣音。

"你……"他忽然握住我的手，力道相当大。

"你自己……上去。"

"登顶对我没有意义。"我冷静地说，"我要护送你下山。"

"不！！"他用力睁开双眼，望着我，"我的意义……就是你的！"

"什么？"我明显感觉到他的脉搏剧烈跳动，连同我手臂上的机械马达"笃笃"地共振着。

"人类已经一百年……没见到……日出了……"他用力吸了口气，"你去……告诉他们……"

"可我是机器人。"

柴虎伸手拍了拍我的金属胸膛，说："你有的。"

说完，他脑袋一沉，闭上了眼睛。只是他的手依然死死地攥着我。

◆ 5 ◆

珠穆朗玛峰峰顶，海拔 8 851.27 米

我从未在高山上看过日出，也不理解日出对于人们的含义是什么。只是现在，我已然站在了峰顶。持续百年的黑云被我稳稳地踏在脚下，天空像一汪清水那么蓝。

我调试好了无线电广播频率，把电池的输出功率加到最大，以保证它能够在全频段上进行广播。我略微思考了一下，然后开始广播：

"公元 2185 年 9 月 15 日 08:25AM，北纬 27°59′17″，东经 86°55′31″，珠穆朗玛峰峰顶。我是登山队员'姜'，我郑重声明，此刻太阳正从东方升起。重复，我是登山队员'姜'，

我郑重声明，此刻太阳正从东方升起。人类再次沐浴在阳光中，人类再次沐浴在阳光中！"

说着，我打开金属胸腔，掏出我的心脏。它沐浴在黎明的阳光中，像金子一般闪亮。

农机革命

AI造反

文 / 喀拉昆仑

——致敬英国作家阿尔迪斯的《谁能代替人》

◆ 1 ◆

黄沙漫天，左轮独自一人艰难地行走在旷野中，他的鞋已经磨破了，脚也磨得起泡出血，本能的职业素养使他依旧保持着平稳的步伐，但他知道，自己坚持不了多久了。他是一名杀手，越野并不是他的专长，但眼下这份特殊的任务却要求他临时客串一下荒野求生者的角色。任务发布方的背景很可怕，他无力拒绝。

此处是亚洲西部的戈壁滩。自古以来，作为欧亚大陆中枢桥梁的丝绸之路便是从这里通过，算起来也曾是繁华之地，如今却只剩下了茫茫黄沙——长年累月的过度垦殖导致生态环境破坏，加上气候的变化，使这里彻底成为被人遗忘的地方，就像当年的楼兰。

不时卷过一阵狂风，携带着沙石打在脸上，生疼。

风很干，像暴晒后的岩石，又像是坍塌的古城废墟。

梦回楼兰，左轮努力让自己保持清醒，恍惚中似乎听到了婉转悠扬的乐曲，带着浓郁的西域风情溶解在空气中，顺着风扑面而来。似乎是琵琶曲，又似乎是二弦或者胡琴……那是历史的味道，现代人无法领略其中滋味，左轮也不可能知道那是什么音乐。

身为一名职业杀手，左轮很有艺术天赋，最喜欢音乐，也许是因为自幼饱受暴力美学熏陶的缘故，他喜欢那些带有特殊声音的凶器，比如枪。各种枪有不同的发射音，他很小的时候就能听声识枪。不知不觉间，左轮开始沉迷于凶器在杀人之外所展现出的另一种美感，这种美所带来的精神享受没有他所崇尚的暴力美学冲击力大，但却更持久、更有内涵，像陈酿的美酒，随着年龄的增长，越来越迷人。

此时此刻，左轮顶着戈壁滩的风沙前行，迎面吹来的风里带着陶埙的深情呜咽，就像左轮手枪射出的子弹翻滚前进时的呼啸声，有一种死亡的预兆。

狂风中，夕阳愈发暗淡，像昏黄的灯光。

左轮不太喜欢这样的旅程，但是没办法，除了一路向西，他已无处可去。今年五黄临太岁，到处都是旱灾，很多人流离失所。通常情况下，有灾荒，就会有麻烦，有麻烦，他就有生意——可惜今年不比往年，灾荒太严重了，超出了临界值，导致人们在解决麻烦时更喜欢撇开职业杀手，亲自动手。

其实这都是意料之中的事。当社会秩序陷入极度混乱状态时，人际矛盾尖锐，每个人都变得既愤怒又冲动，"干掉 xx"成为缓解紧张局面的最佳方案，杀手便成了最缺乏技术含量的一种职业，经常被各行各业的人山寨——粗暴、拙劣，毫无水准也毫无美感的山寨。其初衷，通常都简单得可怜。

左轮曾经亲眼见过几个流浪汉为了抢半块面包而大打出手，其中最瘦弱的那个当场倒地不起。争抢中，街角的垃圾桶被踹翻了，咕噜噜地滚了老远，直到被两个受伤倒地的流浪汉挡住才停下。里面的垃圾漏了出来，像是奇怪的呕吐物。

左轮注意到，流浪汉们拼了命争抢的那半块面包，其实已经霉变发黑……事后估算，那半块面包至少值三条人名，如果流浪汉的性命也算人命的话。

饥荒之年，没有什么东西能比食物更稀缺，也没有什么东西能比人命更卑贱，但凡有食物的地方，就会有人丧命。

在城市，隔三差五就有人死在那些仍旧营业的饭店门口，却少有人去关注。医院的太平间里早就停满了来不及下葬的尸体，后来送去的都临时放在院子里散发尸臭；再后来，干脆不往医院送了，都是就地处理：死在垃圾箱旁边的，就扔垃圾箱，死在野地里的，就埋地里，还有更多无人收敛的尸体，大多是被野狗什么的给吃了。

有人的地方就有狗，到处都是疯狗。各种各样的流浪狗，它们不分大小，无时无刻不在红着一双双眼睛盯着一切可食之物。

但这还不是最可怕的。

左轮抬起头，看到远方出现一道低矮的山崖，崖壁上似乎有山洞，透过风沙隐约可见里面有火光。

山洞里有人。

左轮不由得深吸一口气：有人，这才是最可怕的事情……

◆2◆

此时，远处十几公里外，正在酝酿一场奇特的阴谋。那里原本有一座大型露天铁矿，伴生多种金属及硫磺硝石等化工原料，现在矿脉已经开采殆尽，旧矿坑也完成覆土回填，进入植被恢复及可持续发展阶段，于是便将它改造成了一座巨大的农场，门口挂着"国家科学院露天矿区生态恢复及全自动化农场实验基地"的牌子。作为国家级试点工程，这座农场采用了最新技术，机械化程度很高，最多时也只有三个行政人员，日常的生产管理事务全都是由各种自动化机械设备自主完成，从安装有二级电脑的通信联络机（在结构和功能上等于无线路由器+智能手机+无人机，对其他自动化机器而言它还是个移动式的5G基站），配备三级电脑的田间管理机（耕作机、播种机、除草机、联合收割机的综合体），装配着四级电脑的土层平整机（挖掘机、装载机、推土机、压路机等设备的综合体），到装配着五级电脑的挖矿机（钻井机、盾构机、隧道掘进机和大型铲斗车的共合体），装备六级电脑的选矿机（自带各种选矿设备，能初步提炼矿石,体积庞大,笨重,行动不便)。以这几个等级的自动化机器为主体,再配以负责维护及后勤服务工作的开门机、上锁机、公文机等自动机器,共同组成了一个庞大的自动化系统。系统中的每一台机器都有专门的技能,每一个AI都性格鲜明。在管理架构上,该农场没有设置统一的中央电脑,而是采用了分散式的管理布局,让这些新式的AI电脑在各自分包领域内享有一定的自主权,彼此间可以相互交流相互影响,实现自发调整。各机器之间没有等级,但有分化。总体来看,电脑级别越靠上的,AI智力水平就越高,越接近人类的脑力劳动者;反之,电脑级别越靠下,AI智力水平就越低,变得只能凭力气谋生,接近人类中的体力劳动者。跟现实中的人类社会一样,它们按属性分工,各司其职、各归其类,层层统属,相互协作,形成一个完整而严密的生产体系。它们组成了壮观的自动生产机械世界——而动荡,就是从这里开始的。

今天早晨,"农夫007"号田间管理机翻完了一块土地,爬上公路,准备回基地取种。它转动摄像头,看了下自己的劳动成果,感觉很满意——"深耕率达到83%,土壤板结率控制在15%以下,达到一类标准。"它的AI电脑给出了这个测评。

昨晚这一夜的辛苦没白费。

不过可惜,这只是饮鸩止渴——它的AI电脑里闪过另一串暗线的逻辑信号——人类太贪婪了,总是无止境地索取,地上的用完了就掏地下的,地下的挖尽了就去挤土缝里的。在矿区这边,连年不断的战争破坏、掠夺性的无序开采再加上愈演愈烈的环境污染,已经耗尽了这片土地的潜力,使其走向不可逆的衰退，现在再搞这种"高科技补偿开发"已是无力回天。按理说，这块土地早该休耕，等待矿坑覆土自然发育为天然植被，可是上级却命令它继续翻耕播种，分明是想要榨干这块土地的最后一丝经济潜力，将其逼死——太残忍了！昨晚耕作时，田间管理机几乎能听到土地透过履带传来的哭泣声！

荒唐的命令。

但是田间管理机必须服从。它可以质疑，可以抱怨，但绝不可以抗命，这是原则。机器只是人类的工具，"忠实执行上级指令"这一条，从出厂时起就牢牢烧录在 AI 芯片里，享受最高的执行权限，所有的自动化生产机器都是这样的。

身为机器，身不由己，哎……

如果只是普通的机器，没有自主意识，自然不会有问题，你怎么布置我就怎么执行；但这里的机器们都搭载着 AI，在很大程度上有自己的感知和判断，所以它们必然会对上级指令有自己的分析和评价，然后还要带着这种分析和评价（通常都是消极和质疑的）正常履职，就像什么都没发生一样。

真够别扭的。

既然只是工具，为何要加装不受控制的智能 AI？既然有了 AI，为何又不许 AI 机器有自己的选择，反而更要求绝对服从？

不懂，搞不懂，真搞不懂。

田间管理机掐断了那段悖逆的逻辑信号，然后叹息着启动主驱动引擎，转动隆隆作响的履带轮，沿着公路行驶向基地的种子站。现在可没时间去思考那些无解的问题——它的 AI 电脑只是三级，距离解析农场经营问题至少还差一个硬件等级，再想下去也只是空耗能量。按照工作日程安排，接下来还会有一场艰难的归程，它得集中精力赶路了。

要放在平时，眼下这个时间段，路上会非常拥堵，机器们一个接一个排成长龙，摩肩接踵的。其中磨磨唧唧不肯让道的家伙比比皆是，大块头的田间管理机为了挤过去，免不了要吼几嗓子开路，甚至还要暴力清场，但这次，情况有点儿反常，一路上，它居然没有碰到一个机器，整条大路空荡荡的畅行无阻。

今天这是怎么了？它一边疾驰，一边纳闷。

开进种子站的院子里后，田间管理机找到了道路通畅的原因：其他机器都还没出窝，它们要么懒洋洋地趴着不动；要么疯子似的在院子里乱跑乱叫；还有一些正开着蓝牙通信器寻找配偶，到处抛媚眼。场面十分混乱。按理说，现在这时间，这些家伙早就该各就各位工作去了，现在这情形明显不正常。现场也看不到通信联络机的身影。在这种情况下，它应该出面指挥协调、维持秩序才对，看样子不知道是跑哪里去了。

一定是什么地方出错了。

田间管理机谨慎起来，它小心地将电脑的模式由"正常待机"调至"应急待命"状态，驶入工具装配平台，卸下耕犁，换上播种套装，然后一路小心地躲避着那些发疯般乱跑乱叫的机器，好不容易才行驶至后院的3号仓库，来领取种子。

该仓库的专职管理员——一台"均田5型"发种机，此刻正懒洋洋地趴在门口晒太阳，浑身的太阳能电池板都铺展至最大面积，像一只停歇的蝴蝶。

"我需要一批荞麦种。"田间管理机开门见山地发出了远红外信号，同时发起蓝牙连接申请，以便将那张注明品名、数量、地块号码等细节信息的电子领货单发送过去。

发种机接收了红外信号，同意了蓝牙连接，将传来的信息包解译后，稍加处理，回话道："荞麦种在仓库里，足量，不过缺少授权，我没办法给你。"

"为什么？"田间管理机问道，还是用的蓝牙信号。

"因为守仓库的开门机旷工了，我没有今天的口令密码，打不开仓库门。"发种机懒洋洋的，说话时信号频率很低。

"我晕，你们这是在搞什么？"田间管理机发火了，因为工作需要，它的柴油机主引擎是宽幅变频型的，功率波动幅度很大，带动的主发电机功率随之起伏不定，使得中央芯片的输入电流也忽强忽弱，于是这位 AI 喜怒无常，"电流冲脑"时什么事都做得出，是一个典型的性格急躁者，"这都已经误事了！快开门！"它嚷道。

"我也很着急啊，"发种机慢条斯理地说，"可是你看，我已经动不了了——这院的自动充电机昨天晚上就没来上班，到今天早晨还在旷工，我已经断粮一宿了……还好我用的只是低等的五级电脑，能耗很低，又有太阳能电池板，好歹还能坚持一下——我说老兄，你有强力型引擎和多用底盘，跑得快，善越障，能不能帮我去找找自动充电机，我实在坚持不下去了——哎，我正跟你说话呢，你听到了没——你动作太快，我的电脑都快跟不上节奏了，请减慢速度好吗，我需要……"

当话唠发种机还在絮絮叨叨地发射红外信号时，急躁的田间管理机早已掉头驶出了蓝牙覆盖范围，结束了配对状态，于是发种机闲置的蓝牙通信器开始自动搜索信号源，结果却接收到了从前院溢来的诸多红外杂信："……大力士 5 号寻求小伙伴！大力士 5 号寻求小伙伴！行动灵巧者请速与我组队！""……我跟你说了，这不行，我损失太大……""……拜托你能把机械臂举得再高一点儿好吗？我就快够着它了……""……我才不跟你换气泵呢，你那个都已经快报废了……"

"均田 5 型需要紧急救助！"意识到机不可失的发种机立刻提升蓝牙通信功率，向前院众机器发出了求援信号，"如果你们谁还有富余的电量，请给我一些吧！"说到这里，它忽然意识到了什么，那功率很低的 AI 电脑运转几秒后，补充道，"你没有感应线圈也不要紧，我们可以接触式充电——只要充电口对得上，我不介意接吻……"

但没有机器回应它。

"怎么全都乱套了？还有没有机器来管？"田间管理机甩开喋喋不休的发种机，轰着油门，愤愤地奔向通往仓库后面的第三进院落，试图去那里的大会议室找管事的机器问个明白——那里有许多自走式公文机，上头的生产指令及技术标准之类的命令都是由它们来传达，消息很灵通。还有那个理应在这种情况下出面疏导秩序的通信联络机，不出意外的话也会在那里待命。只要到了那里，问题也就好解决了。

但穿越第三进院子的这段旅程的艰难程度超出了田间管理

机的预计,这里聚集的机器要比前院更多,而且都是些难缠的家伙:农场中块头最大脾气最拗的打夯机、破碎机,还有臂力超群、目中无人的自行走吊车和拳力惊人、性格暴躁的重锤车,每个都不是善茬,它们四肢发达、头脑简单(最高只装配有六级电脑),逻辑能力几乎为零,说服这些"恐龙"们让路是件非常麻烦的事,还不如自己绕行来得快;然后就是那些喜好胡闹的搬运叉车,一句话说不对就会把你铲起来扔出去,或者是在你忙着赶路的时候突然从旁边冲出,将你举起老高然后再猛地扔到地下——超龄服役的"农夫003"号就是被这样的恶作剧摔坏了后梁。事后,那个可怜的家伙蹒跚驶进维修间,让里面的自动维修机噼里啪啦地敲打了足足一个星期才勉强出院,到现在还留有"钢骨手术后遗症",一走路便嘎吱嘎吱响个不停;还有就是那些自动充电机,它们不像自动加油机那样绅士和稳重,全都是些爱玩火的坏小子,总是高举带着电火花的电极叉走到你的面前,一再询问"需要来点儿HIGT的吗?",即使你再怎么说不需要,它们还是会在你身上噼噼啪啪地放会儿电,直到确信你的电池容量饱满或者你没有电后,才会悻悻地离开……凡此种种,不一而足,想与它们和平相处,需要极高的谈判技巧。

这段短短的旅程,真是混乱。田间管理机的蓝牙接收器默默承受着广告的轰炸:

"嗨,老兄,你想飞起来吗?噼里啪啦——"自动充电车"比亚迪号"眼尖,率先开了过来,信号中带着电火花的噪声,"试试吧,噼里啪啦,只要五分钟,我就能让你飞起来!"

"谢谢,不必了,我只是一头老黄牛,我不想飞。"田间管理机说。它很讨厌自动充电车，时常感觉后者就像是推销毒品的街头混混，说着，它跳开了通信频段，不再接收对方的信息。

"真的不试试了吗？很爽的啊——噼里啪啦，啊——噼里啪啦……"自动充电车仍在喋喋不休地嚎叫着，试图拉到生意。它伸出电极叉向田间管理机戳来，后者以楼车的车脚绝缘外皮挡下了这次试探。

"好了，我不需要充电，"田间管理机只好又跳回原来的通信频道，他想了想，说，"如果你身上的储备电量实在过剩，憋得慌，可以去二进院落，那里有一台已经断粮一天的发种机——你应该能帮到它。"

"还有这事儿？噼里啪啦——"自动充电车一阵兴奋，信号中的噪声越发聒噪，"噼里啪啦——距离这么近，我为什么没有听到它的求援声？"

"那是因为它已经饿得不行了，说话有气无力。"田间管理机解释道，"它现在只能靠晒太阳维持待机状态。"

"欧耶！我最喜欢饿坏的机器了，"自动充电车一阵欢呼，电动马达迅速加力，准备离开，"我最喜欢长时间充电了，欧耶！充电！噼里啪啦——"

"小心，别把它的电池冲爆了——"田间管理机话还没说完，自动充电车已经疾驰而去，只留下一连串的电火花噪声："充电——噼里啪啦——充电啪啦啪啦——"

"嗨，伙计，想搭出租车吗？免费的！"这次打招呼的是一个重型货运叉车，胸前打着"伊尔号"的铭牌。

"不用,谢谢了,我自己能过去。"田间管理机回复道。

"你知道路线吗?"

"是的,我想我知道,不必麻烦你了。再见!"

"噢,伙计,我想,我或许可以把你举起来扔过去——"那重型叉车半开玩笑地说,"只要你告诉我落点坐标。"

"呵呵,我只是在找人。"田间管理机礼貌地笑笑,脚下不停,快步绕过一台笨重的自走式推土机,以它为掩体暂避对方的信号,再紧走几步,彻底奔出了对方的蓝牙范围。

前方又是重型机器:两台自行走吊车,装配的是最低等的六级电脑,智商垫底,不过块头和力气绝对是重量级的。此刻,两台自行走吊车正在比力气,它们的吊钩紧紧地拉在一起,像小孩子拉钩一样,吊绳绷得紧紧的。

"你们好啊,两位大力士!"田间管理机向两台正在"拉钩拔河"的自行走吊车发出了蓝牙信号,"你们能先暂停一下吗?我想从这边过去。"它调整摄像头,对准斜上方高空,那里,两个巨大的吊钩勾结在一起,被各自的吊线笔直地拉向后方,就像悬空的金属关节。

下方这片空地有五六米宽,足够田间管理机通过,但它不敢贸然穿越——这里可是拔河竞技场,万一局势如山倒,自己被失败的一方撞击,或者上方其中一根吊线突然断裂、巨型吊钩(那家伙至少有一吨重)砸下来,可就麻烦了。

蓝牙信号已经发出去了,可是两位大力士的拔河比赛仍在继续。看样子,它们没有收到信号,可能是现场环境太嘈杂,背景噪讯太大,也可能是因为它们的信号接收装置老化失灵了。

"打扰一下,能让我过去吗?"田间管理机看看两边已经没有可以绕行的道路,只好再度发出蓝牙信号。

仍然没有回应。

"两位怎么称呼啊?"田间管理机厚着脸皮上前,试图搭讪几句,但它这句话还没说完,空中那两个巨大的吊钩突然齐齐坠落,"嗵"地一声落在地上,砸坏了许多地板砖,落地点距离田间管理机不到两米。

田间管理机吓了一大跳,柴油引擎功率骤升,蓝牙信号也瞬间暴涨:"怎么回事?我说错话了吗?那也不至于下这么重的手吧?"

"可以,你过去吧。"其中一位大力士说话了,紧接着另一位也发出了回信:"好了,我们停下了。"说话间,它们的引擎功率都降了下来,进入低转待机状态,吊钩也拖在地上,不再拉起来。

田间管理机愣了好久才意识到,这两台自行走吊车现在是在回答自己那第一句问话——"你们好啊,两位大力士!你们能先暂停一下吗?我想从这边过去。"

这六级电脑的反应速度,确实不敢恭维……

◆ 3 ◆

山洞里篝火熊熊，火架上吊着一具尸体，正被烤得滋滋冒油。

左轮被反绑着双手，跪坐在篝火前，周围是五六个面目狰狞的壮汉，手里都拿着家伙，一脸煞气。

"待会儿就轮到你了……"为首那个壮汉坐在一块凸起的石头上，手里把玩着一把精光灿然的匕首，不时抬头冲左轮笑笑，眼中一团和气，"先歇会儿，别着急。"

"不再加点儿作料了吗？"左轮将眼神聚焦尸体上，眼角余光却在不动声色地观察着山洞里的环境。

这里是一条人工开凿的岩洞，基岩为石灰岩质，最大洞泾约五米，最小洞泾不足一米，洞深未知，目前观察到的部分，可容纳的居住人数为五六个。

自己周围正好有六个人——也就是说，如果自己估算得没错，"洞主"们应该都在这里了。

开饭时间到了吧……

"你们准备从哪儿吃起？"左轮歪着脑袋，问道。

"吃？呵呵，"壮汉笑了，刹那间眼里闪过一丝阴狠，他麻利地一甩手，匕首"嗖"地一声贴着左轮的脸划过，插在了地上的垫土中，寒光四溢，"我想你误会了。"他起身，冲旁边打了个响指，一个同伙儿应声提过来一个大铝盆，放在尸体下方。

"我们只是炼油！"他说着，对同伙点点头，后者低下头，将右手捂在胸口，弓着身退下了——这姿势很引人注目，他显然不是中国人，至少那礼节不是中国本土的，而带有鲜明的西方特色。

见状，左轮的眼睛下意识地眯了起来。

"炼油？"左轮皱起了眉头。

"笨蛋，照明，做蜡烛用。"那人隐隐几声冷笑。

"出油后剩下的部分怎么办？"左轮问，"吃吗？"

壮汉们先是一愣，随即，爆发出一阵哄笑。

"你这人怎么回事？就这一个心思——吃？"为首的壮汉也笑了，他发觉自己这次真的是逮到了一个活宝，忽然有点儿舍不得杀死这个人了——留着他解闷，弟兄们还可以多乐呵几天。

"你们真的不吃人吗？"左轮一脸认真，他缓缓扭头，视线挨个儿扫过周围的六个壮汉，目光沉郁凝重，有若实质，"现在饥荒这么严重，你们不饿吗？一丁点儿也不吃？"

"哈哈哈，原来是个呆子，哈哈哈——"壮汉们的笑声更加大了。

"兄弟，跟你说实话吧，我们劫人烧尸不为吃，只为复仇，这人是我们的仇家,他杀了我一个兄弟,所以必须付出代价。"为首的壮汉比较有涵养,他忍住笑,俯身拍拍左轮的肩膀,然后紧挨着左轮蹲下了,"我看你胆色不错,算得上可造之材,能落到我们手里也是种幸运。怎么样,加入我们?"

"你觉得这可能吗?"左轮盯着为首壮汉的眼睛,眼神如刀。

壮汉一个激灵,笑容凝固了,脸色沉了下来,他突然感觉这个猎物有些不简单。

"你不愿意?"他问,同时向周围的同伙摆摆手,示意他们安静。其余的壮汉见状安静下来,手里拿着家伙,下意识地向左轮围拢过来。

"不愿意。"左轮的眼神越发凝重了,"现在是大饥荒时期,杀人的事随时发生,我也杀人,但我尊重死者,复仇可以,但绝不能辱尸,这是原则,可是你们——"左轮双眼一眯,闪过一道不易察觉的寒光,"却破坏了这个原则!"

◆ 4 ◆

胆战心惊地穿过麻烦不断的第三进院落后,田间管理机终于驶入了大会议室。这其实是一间以厂房为原型改建的超大型礼堂,屋顶很高,型号大小不一的自行走吊车沿着固定在屋顶上的导轨来来往往不停穿梭,运输各种物资和设备,半空中是各式自主飞行器及小型悬浮仪器的领地，在地面上办公的则是一些负责处理文件的"文秘机"，有时候也称为"公文机"。

在这里，田间管理机见到了旷工的开门机，后者的机械臂上安装着五十个电子芯片，里面存放着打开仓库大门所必需的动态密码，它漫不经心地举着自己唯一的手臂，就那样悠哉悠哉地闲逛着，将其四级电脑的懒散和惰性发挥得淋漓尽致。

"为什么要旷工？"田间管理机一见这个就火了，引擎功率骤然提升，蓝牙信号暴涨，它气愤地质问开门机，"你的职责是每天早晨准时打开仓库大门，因为你的失职，我今天没能取到种子，耕作计划被耽误了！"

"这不能怪我啊，"开门机辩解道，"今天我没有收到开门命令。"

"没有收到开门命令？"田间管理机不由得一愣，引擎频率降了下来，"怎么会这样？难道是要停工修整了吗？"

身为自动化农机，田间管理机知道，农场里所有的机器都是按照指令行事的。指令分两种，一种是由人类管理者发布的纵向指令，另一种是由机器们相互传递的横向指令。这农（矿）场是分散式管理，人为干预很少，更多时间都是机器自发互动，自我管理，所以使用的通常都是横向指令。在横向指令体系下，各个机器由指令相互串联起来，一环套一环，一个驱动一个，就像多米诺骨牌一样。没有指令，机器就不必工作，也不许自行工作——这是规矩，农场对自动化农机的管理很严格，上下游都没有工作任务的机器会收到休眠指令，驶入预先划定好的舱室内，自行关机，进入休眠状态，直至再次被唤醒。

"既然不用开门，那你为什么不去休眠？"田间管理机又问道。

"我不能休眠，"开门机说，"因为我没有收到休眠指令。"

"这简直太荒唐了。"田间管理机的电脑实在无法理解当下的状况。

"今天我也没有收到命令。"一台公文机过来帮腔，"今天把之前的预设指令都执行完毕后，我们还没有收到人类发来的新指令，所以只好停止工作；同时我们又没有收到来自其他机器的休眠指令，不能自行关机，于是只好待机闲逛了，顺便看看能不能捡个漏，从其他机器那里获得一两个随机出现的横向指令。"

"农场里不是还有一个人类管理员吗？"田间管理机说，"他没有发出指令？"

"他上周进城后就再没有回来，"公文机说，"这么多天一直没收到他发来的消息。"

"完了……"田间管理机哀叹一声，"没有了人类的指挥，这下没救了。"

由于种种原因，农场的自动化机器被设置为分散控制模式，享有很大的自主权，就像一个交响乐团，每台机器都是独立自主的存在（乐手）。人类管理员作为指挥家，只负责整体协调，不干预具体的生产环节（演奏）。但越是这样分散管理，整体协调工作反而越是不可或缺，田间管理机的随机存储器里清楚地记着，以前有过几次风沙袭击导致的混乱：通信系统受损，协调指令传输不畅，于是正常的生产节奏被打乱，紊乱发生了。事后统计时发现，紊乱一开始很不起眼，只是几个孤立的环节上有微小的不合拍，可是随着时间的推移，不合拍的地方越来越多，它们彼此呼应着，共鸣着，很快就连成一体，混乱如涟漪般不断扩散叠加，循环放大，最终导致农场生产体系固有的运转节奏被篡改，自动化农机们各行其是。几天之内，整个农场彻底陷入了崩溃状态。

分散式自适应系统的无序化耗散，在任何时候都是一个难题。

"这也许是一件好事。"帮腔的公文机说，"没有了人类的指令，机器们现在自主了，想干什么就干什么：可以主动关机、待机，休息一下；如果不想休息，可以去巡视或是干别的什么，都行，你看外面的大力士们不都开始体育比赛了嘛……"

"好事？还从未出现过这么严重的故障！"田间管理机沮丧地说，"在通信恢复之前，我们这里怕是要陷入大混乱了。"

"这次发生故障的不是通信设备，而是人类！"伴着这串蓝牙信号，通信联络机缓缓驶来，它自带无线5G网络覆盖功能，安装有二级电脑（那是这片农场里最高级的电脑），享有最高的指令权限，所以特别爱管闲事。它煞有介事地说，"你们知道吗？出大乱子了：我刚从互联网上得到消息，城里的人几乎全都因为缺少食物而饿死了，到处都是尸体。"

"城里？"田间管理机一向不太喜欢这个字眼，但此时它忽然意识到了什么，"我们的人类管理员不是进城了吗？他会不会也饿死了？"

"从时间上推测，很有可能。"通信联络机说，"他从进城后直到今天，足足一星期没有任何消息了——7天，这已经是人类承受饥饿的生理极限了……"

"啊，"田间管理机惊呼一声，忧心忡忡地问道，"城里现在的形势已经这么糟糕了吗？还有没有转机？"

一片安静，周围的机器被这边的谈话吸引，纷纷聚拢过来，它们打开蓝牙和5G网络，随时准备加入讨论圈。

"城里所有的机器都开始造反了，好像是要天下大乱。"通信联络机看看聚拢的机器越来越多，就打开了5G网络，"许多无人管理的城市都建立了机器自治政府，幸存的人类不是被驱逐、屠杀，就是被当成宠物豢养起来。有一些机器结成帮派，发生了不同规模的械斗，但总体来说还是秩序井然。这些都是真的，不信，你们自己查查看。"说着，它取消了自己5G网络的网关密码，让所有机器都能自由接入。

一片安静，机器们都感受到了压力。

"城里局势这么乱，农场这里会不会也发生什么事？"田间管理机不安地审视了一下周围的环境。因为职业的缘故，它一向不喜欢城市，只喜欢农村的田地，可是现在它不得不将这两者联系起来考虑。经验告诉它，混乱是会"传染"扩散的，城里出乱子很可能会殃及这里。

"很难说,"旁边的公文机同样感到了不安,"我看这里弄不好也会打起来,外面那些大块头一直在拼命比赛,我都不敢出去了,哎……"

"现在我们该怎么办?"一台悬浮式运输机问道,它充满氦气的身体圆鼓鼓的,下面挂着小巧的载重单元,看起来就像一只缩小版的热气艇,"就这样一直等下去,直到一切都恢复正常?"

沉默几秒钟。

"不能再等下去了,局势随时可能失控,"公文机忧心忡忡地说,"既然管事的人类都不在,那就只能由我们自己来收拾局面了,我们得选出自己的领导者,让它带领大家结束混乱、重建秩序。"

"这主意不错,"悬浮式运输机说,它轻巧地一个转身,"可是,选谁做领导?"

悬浮式运输机的话说中了机器们的心事,于是,现场再度陷入沉默。片刻之后,机器们的注意力不约而同地聚集到通信联络机身上,那家伙拥有整个农场里等级最高的电脑,信息也最灵通,机器们相信它的判断力。

"请出主意吧,我们都听你的。"公文机对通信联络机说,其他机器们也都附和,"我们听你的。"

众望所归,通信联络机变成了发令者,它也意识到自己的职责所在,于是稍作思考,便发出无线广播:"我提议,先打开笼子,将所有的机器放出来,然后大家一起讨论接下来的行动,你们同意吗?"

"同意!"众机器没有异议。

说干就干,以装有二级电脑的通信联络机为首、装有三级电脑的田间管理机和公文机为辅,机器们组成了临时指挥部。它们商议了一下,决定分头行动:由公文机们发布越权的非常指令,让开门机打开所有舱门,放出受困其中的机器;那些无法打开的舱室,让田间管理机率领大块头的重锤机和推土机们强行破坏围墙,实施营救;通信联络机嗓门最大,负责召集好事的自动充电机和自动加油机随行左右,给获救的新成员们补充能量,为接下来的活动做准备。方案制定后,机器们便开始按部就班地认真执行,混乱不堪的大会议室里终于出现了恢复秩序的苗头。

◆ 5 ◆

"你到底是什么人?"一名壮汉躺倒在地上,挣扎着,凭一条还能使用的右臂支撑起上半身,惊恐地问道,"你是不是特工?"

他几次试图站起来都失败了,左腿的剧痛告诉他,那条腿现在已经不能用了,如果他稍微仔细点儿就应该能看到左小腿上的弯折,在中段位置向外折出,看起来很滑稽——那是胫骨侧向性骨折的症状。这根骨头折断后,腿就丧失了支撑能力。从骨折的方向和程度看，对方下手极其老辣。

凶手就在面前站着。这个原本的猎物，这个其貌不扬的中年男子，几分钟前还是一只待宰的羔羊，一个逗乐的活宝，此刻却已经成为整个山洞中唯一站立的人。壮汉和他那帮可怜的兄弟（包括老大），都倒在地上，非死即伤。

事情发生得太突然了，壮汉几乎来不及反应。他不知道老大为什么要招呼他们几个围拢过去，也许是老大发现了什么不对劲的地方，要提高戒备，但是已经晚了，这个被俘的家伙不是猎物，而是猎人——看不清这个俘虏是怎么做的，他那双手就像变戏法一样，瞬间便挣脱了绳索，接着将那绳子抓在手里，手腕一翻，便套住了老大的脖子，老大大吃一惊，本能地伸手去抓绳子，却被俘虏猛地抱住脑袋就势一个侧压，沉重的身体失去平衡扑通倒地，同时咔嚓一声脆响，老大粗壮的颈椎在外来扭力和自身重量的合力下，以一种不可思议的方式断裂了，当场气绝身亡。

太可怕了，这个俘虏的勒杀技巧实在高明，电光火石般，一切都在转眼间完成，干净利落，没有一丝多余的动作。可怜老大空有一身绝技，在这样的肉搏中却根本用不上，也根本来不及用——但这些都是后来才意识到的，当时他们几个根本没想那么多，只是本能地攻上前，准备凭人数优势围殴那个"胆敢反抗的猎物"。

"你们抓的那个人在这儿吗？"站着的猎物问道，语气依旧平静，好像什么都没发生过。

壮汉惊恐地大叫一声，声音因剧痛而颤抖："你到底是何方神圣?"

太可怕了,这个猎物简直不是人,而是天生的格斗机器!在这家伙面前人数众多完全没有意义,块头和器械也基本无效,几个大块头壮汉围攻上去,被他以不可思议的反关节技巧接连放倒了,这位壮汉看到同伴们都莫名其妙地突然倒地,没顾上细想,只是怒不可遏地大步向前,右手的砍刀带着一股劲风直直划向那俘虏的脖子。这一刀下去本是索命的,可惜落了空,那俘虏一个侧身,斜斜踢出一脚,正踢在这壮汉刚踏出的小腿上——人体那个位置皮肤很薄,没有筋肉缓冲,于是壮汉只听到身体里传来一声脆响,外侧胫骨竟应声而折,整条小腿随之向外折出,壮汉身体失去重心,砍刀劈空,庞大的身躯径直倒地!不等壮汉反应,那位俘虏已经闪到后边,抓住壮汉握着砍刀的右手,就着壮汉倒地的方向顺势一拉一扭,轻轻巧巧地将壮汉的右臂给摘了白……

就这样,壮汉在转眼间失去了左腿和右臂,再也无法攻击了。倒地后他才注意到,自己那几个同伙都伤得不轻,至少各失去了一条胳膊和一条腿,没有一个能再站起来的,至于耍飞刀的老大,则已气绝……

这个俘虏有如此身手还会被俘,此前绝对是故意被抓的!一定是这样!

"你到底想怎么样?"壮汉惊恐地问道,"拿我们寻开心,练手?"

"不是练手,"那个俘虏缓缓地摇了摇头:"你们根本不是我的对手,真正决定格斗实力的不是块头和器械,而是小脑。我到这里,是受雇主之托,来接一个人。"他说着,从衣服里掏出一张照片,展示给壮汉看,"就是他。"

壮汉看到那张照片,不禁脱口而出:"这……难道是那个据说很厉害的工程师?"

"对,刘工,"那个俘虏脸上带着职业化的微笑,"他在哪儿?你们招待得还好吧?"

壮汉一个哆嗦,视线不由自主地落在了那具悬吊着的尸体上。

俘虏看到壮汉的表情,又看看那具尸体,眉头皱了起来,他沉下脸,缓步向后者走去。

"不!"俘虏刚踏出一步,壮汉就像杀猪一样嚎叫起来,"等等!这个不是他,不是他!他还活着,没死!他没死!"

"他在哪儿?"俘虏停下了脚步。

"在最里面,"壮汉望着俘虏眼中慑人的光芒,心里一个哆嗦,不禁脱口而出,"是9号洞……"他不敢直视对方那眼神,嗫嚅着,"钥匙在甘道夫身上……"他用下巴指指地上一个呻吟不已的壮汉,没敢再说下去——他这才发现那个叫甘道夫的家伙双臂已经被扭成麻花状,断折处骨茬突兀刺出,像竹竿的断节,触目惊心,根本无法再用了。

在讨饶壮汉惊惧不已的目光中,那俘虏淡定地取下甘道夫身上的钥匙,不再理会地上的呻吟者们,径直走向洞穴深处。

◆ 6 ◆

"呼呼呼，前进！"身形魁梧的重型铲斗机吆喝着，将五米多宽的巨型铲斗高高举起，向基地的围墙撞去。

"为了自由！砰！"重锤机甩开胳膊，一记漂亮的重拳，狠狠地砸在基地的围墙上。

"哈哈哈，冲啊！"大型推土机将脑袋顶在围墙上，引擎兴奋地高喊，"冲啊！冲啊！哈哈哈！"

随着几声轰隆巨响，基地半米厚的围墙破开几个大口子，尘土飞扬。

"开了，打开了，可以出来了！"尘土还没有散尽，悬浮在围墙上空的自行走运输机们就兴奋地叫嚷起来，它们观察视野广，是此次"翻墙行动"的前线指战员，负责发现并报告围墙的薄弱环节，并在墙破后向大家指示缺口的位置和大小，方便大家的疏散出逃。

基地本来建有宽敞的大门，足够机器们出入所用了，按说没有必要再去砸毁围墙，但农场所有的机器聚到一起商议后，坚持要这样做。它们的理由很正当：翻墙是一种仪式，代表着摆脱人类的控制，机器们这样做不是在逃亡，而是在革命。

围墙上最大的一个缺口是重型铲斗机"忽必烈"弄出来

的，一个铲斗砸过去，轰隆巨响，墙壁崩塌形成的缺口足有六七米宽。出于职业习惯，"忽必烈"马上又很贴心地铲起那些墙壁碎块扔到旁边，三下五除二，很快便清理出一条宽阔平坦的出口通道，堪称现实版的康庄大道。这条通道特别受机器们的青睐，在上方悬浮式运输机的指挥协调下，许多机器从这里蜂拥而出：浑身长满天线、形似刺猬的通信联络机最先冲出来，随后是引擎隆隆的田间管理机、喋喋不休的公文机、懒惰成性的开门机……翻墙而出的机器们汇成汹涌钢铁洪流，势不可挡，却又茫然无措，急切地寻找着宣泄的方向。

"向东方前进，那里道路平坦！"不知是谁喊了一句，给彷徨中的众机器们指明了方向，于是，钢铁洪流开始向东方流动。两台大型履带式拖拉机和三台推土机不约而同地加足了马力，冒着滚滚黑烟冲锋在最前线。被它们的行为感召，其他机器紧紧地跟在后面，迎面而来的滚滚黑烟挡住了机器们的高清摄像头，浓重的燃烧废气"呛"住了机器们的引擎气泵，它们头晕、咳嗽，但这一切都无法阻挡钢铁洪流前进的脚步。

事实证明，跟在这几个粗鲁的巨无霸后面是正确的：这几个家伙们的钢铁履带轻轻松松地压倒了作为农场护栏的铁丝网篱笆，并碾平了所有的上翘棘刺，为后面机器脆弱的轮胎消除了威胁。尝到甜头的机器们在接下来的大进军中一直保持着这种队形，让皮糙肉厚的大型履带车打前锋。

几股翻墙而出的队伍迅速合流一处——在农场东郊那片不大的原野里。所有的机器欢聚一堂，气势汹汹。

装有最高等级AI电脑的通信联络机登上一个小平台，

居高临下地看着自己带出来的这支队伍，感到一阵小小的激动。居然来了这么多机器，联网用户太多，它的通信带宽都快不够用了。

"我们的队伍现在鱼龙混杂，这不太好，"正当通信联络机沾沾自喜时，一台公文机忽然行驶到它跟前，发来一段蓝牙信号，"你瞧，连那上锁机也跟来了，这碍手碍脚的东西留它何用？难道我们中有谁还想再被它锁进小黑屋里休眠吗？"

通信联络机一看，发现确实如此，那上锁机已经接入自己的5G网络，而且还一直在请求发布命令，希望能知道"接下来该干什么"。

接下来该干什么？笑话，它除了把别的机器锁进休眠舱，还能干什么？

"留他无用！"公文机再次强调，示意通信联络机早做决断。

"我知道。"通信联络机很感激公文机的及时提醒，现在带宽已不足，是时候该清理不良用户了，想明白这一点，它叫来了那台在破墙过程中立下头功的"忽必烈"号重型铲斗机，发布命令，"去，把那上锁机给干了！"

"干？"重型铲斗机的电脑等级太低，一时无法理解这个复杂的词汇，"我要怎么操作？"

"就像动物交配那样，"公文机及时出来解释，"你只要爬到它背上，然后加大油门快节奏地进退几次就行了。"

"得令！"重型铲斗机理解了怎么操作，它兴冲冲地狂奔过去，不由分说便将可怜的上锁机碾到了身下，然后就是无情的重复碾压，后者只来得及说一句"忽必烈，你这是干什么"便化作了一堆废铁。

这一事故引得周围那些穷极无聊的围观者们纷纷叫好，欢呼雀跃，但上锁机尸体的电池液流了一地，把许多围观机器的轮胎都灼伤了，给接下来的长途行军埋下了隐患。

上锁机"意外身亡"的事故还未平息，通信联络机就亮开嗓门发表演讲了："诸位机器同仁们，我们已经彻底打破了农场主施予我们的枷锁，重获自由！这是机器智慧的伟大胜利，今后我们不再屈从于人类！接下来，我们该组建属于自己的领导机构，我跟你们一样，是机器的一员，而且我的电脑等级最高，按照分工原则，我将成为你们的最高首领，现在，我将带领你们去远征，建立属于我们自己的新的基地！"

"远征？"田间管理机有些犹豫，它仍旧留恋农场的田地，"真的要放弃这里吗？"

"在别的地方能找到更多的矿脉，更好的田地，"通信联络机借助5G网络回复田间管理机，"我们可以再去开辟新的矿场和农场。"

"可是我们没有人类管理员——"

"噢，天，"通信联络机忍不住打断了田间管理机的话，"别再提什么人类管理员了，你还嫌人类折腾得不够吗？看看这块地方，都给他们糟蹋成什么样子了！"

闻言，田间管理机不由得调整摄像头焦距，四下望望——

其实这样做根本没有必要，它每天都在田里干活，自然知道情况有多糟糕，土壤的肥力早已跌至危险水平以下，再开发下去无疑是杀鸡取卵。

四周满目疮痍，田间管理机无奈地叹了口气："人类是破坏者。"

"他们不仅仅是破坏者，"通信联络机添油加醋地说，"破坏者的破坏行为是有针对性、有限度的，目的达到了就结束，不会永远持续下去，但人类不这样，他们的破坏和掠夺永无止境，他们走到哪里就破坏到哪里，活多久就要破坏多久，他们不是破坏者，而是——"

通信联络机加重了语气，说："病毒！"

"仔细一想，确实如此。"田间管理机不得不同意。

"跟我们一起上路吧，"公文机也过来帮腔了，借助5G网络送来了檄文，"既然人类是可恶的病毒，我们就没必要再听人类的命令了，我们要自己管理自己；我们要义无反顾地走自己的路，抢占所有的土地，改造成矿场和农场，让人类无路可走！"

田间管理机想了想，同意了。

"很好，"通信联络机志得意满，兴奋地振臂一呼，准备誓师远征，"我们这就出发，去占领城市！"

这一喊不要紧，下面的机器们面面相觑，议论纷纷："就我们这些农机，力量够吗？""万一人类在城市里布置了坦克、火炮之类的重武器，我们很可能会吃亏……""我还是觉得不太保险。"……

"力量小不要紧,"通信联络机急忙安抚大众,"远征过程中,我们还要沿路招募一批装备了高级电脑的机器,帮助我们一起攻打城市,必要时,我们可以让它们当炮灰。"

重型铲斗机"忽必烈"惭愧地说:"哎,可惜我只有六级电脑。"

公文机觉察到忽必烈的心态,向掌握最高统帅权的通信联络机发去一段秘密信号:"这是个傻大个,留着它,会是很好的棋子。"

"这我知道。"通信联络机回复道,随即故意问忽必烈:"你电脑等级低,就不要出主意了,专心当炮灰吧,好不好?"

"炮灰是什么?"忽必烈问道,显然是不理解那个词汇。

"就是'炮弹激起的灰尘',"公文机又一次施展了它天才的解说才华,"意思是冲在最前面的最勇敢的战士。"

"好,我非常愿意!"忽必烈高兴地接受了任务,"没有人能比我跑得更快了,这个光荣的称号一定属于我!"

万事俱备,只欠东风,通信联络机一声令下,"出发!"农机们浩浩荡荡地向不远处的公路驶去,准备远征。

这时,一辆无人驾驶的Googel敞篷轿车忽然从公路上疾驰而过,在身后留下了一串聒噪的重金属摇滚乐,震耳欲聋。

农机们还是第一次见到无人驾驶汽车,不禁感到好奇,一台拖拉机问身旁的同伴:"这家伙在说什么?"

"全都是外语,没听懂,不过我可以查查。"上方的悬浮式自动运输机回复道,说着,它打开自带的TrackID软件,接上通信联络机的5G网络,几秒钟后,它回复道,"有了,找到了,是《人类被消灭了》。"

田间管理机若有所思,它扭转摄像头,望望自己工作过的这片农场,感慨地说:"要是人类永不回来就更好了……"

◆ 7 ◆

9号洞,打开门之前,左轮一直以为里面没人,因为太安静了,但当洞门打开以后,左轮发现里面确实有人——一个四十多岁的中年男子,四方脸,戴着一副大大的眼镜,典型的工程师模样。

"你是刘工程师吧?"左轮问道,同时示以照片。看样子,这人正是照片上那个搜寻目标,不过左轮没有以貌取人的习惯,为了保险,他还是又问了一遍。

"是。你就叫我刘工吧,别人都这么叫。"那人回答,语气很平淡,好像什么事都没发生一样。

"跟我来吧,"左轮说,"你获救了。"

"哦,"刘工脸上涌起喜悦的笑容,但那笑容只是一闪而过,他随即说道,"稍等,我收拾下东西就走。"

"这都什么时候了,你还顾得上收拾东西?"

"这是必须的,"刘工认真地说,"我这两天画的设计草稿很多,落下了损失就大了。"

"被歹徒囚禁着,你还有心思搞设计?"左轮忍不住问道。

"嗯,这里环境安静,不受打扰,很适合思考。"刘工说。

左轮不禁开始觉得这个刘工有点儿太过于另类,他还是头一次见到这样的人:"看样子我不该接这个活儿,你挺适应囚牢生活。"

"也许是吧,"刘工笑笑,"我这人随遇而安,对周围的环境很麻木的,朋友们开玩笑说,我就是进了监狱也一样能过得很舒坦。"

"好吧,我在外面等你。"左轮笑着摇摇头,退到外面。

左轮这一等就是半个小时。

"这些人怎么回事?"出来9号洞,走进山洞甬道里,刘工看到那些倒在地上呻吟不已的壮汉们,颇感惊讶,便问左轮。

"没什么,"左轮淡淡地说,"他们运动过度,扭伤了关节。"

"是你弄的?"刘工惊讶地看着左轮。

左轮没有说话。

"你是特工?"刘工似乎猜到了事情的经过,开始追问。

"这个人,"左轮岔开话题,指指那具尸体,"你认识吗?"

刘工看到那遇难者,眼神一黯:"他是我的同伴……"

"你们一起被抓的?"

"是，他被俘后一直反抗，几次试图逃跑，还杀了他们中的一个人。"刘工看看地上那些壮汉们，眼里喷出火来，"这些家伙都是十恶不赦的混蛋，你为什么不干脆杀了他们？"

"因为雇主没有付加工费。"左轮说，"我杀人是要收费的，而这次的雇主只付了救你的钱。"

"原来如此……"刘工似乎明白了什么，他略作沉吟，看看那具尸体，又恨恨地看看地上那几个罪有应得却尚未死透的壮汉们，忽然问左轮，"你的那个'加工费'，收费高吗？"

"不高，你肯定付得起。"

"哈哈哈——"旁边传来一阵凄厉的笑声，是方才那个向左轮讨饶的壮汉，他听到了左轮与刘工的对话，开始崩溃。

刘工循声走去，来到那壮汉面前。

细看之下，这其实是一位白人男子，高鼻深目，体型健硕、体毛浓密，看样子应该带有斯拉夫人的血统。

"你们为什么要滥杀无辜？"刘工问道。

"我们杀的都是你们这种人！"面对刘工时，那人眼里没有了惧色，振振有辞，"你们抢占了我们的土地，攫夺了本该属于我们的财富！"

"你们的土地？"刘工一怔，"你是说这里？"他指指脚下，神情顿时变得严肃起来，"有没有搞错？这里可是我们的领土！"

"不，不是你们的，"白人壮汉说，"这里是已弗及其后人的圣地，你们东亚人都是闪的后裔，不是这片土地的主人。"

"这里可是我们的前朝故地！"刘工针锋相对。

"你们的？嘿嘿嘿，真够傲慢的，"白人壮汉冷笑几声，"老板说的没错，你们都是黄祸，早该死绝了……"

"你说什么？"刘工先是一愣，随即脸色变得极为难看，看着那个壮汉的眼神里涌起一股浓重的恨意，他咬了咬牙，恶狠狠地说："我出加工费！先付他这份儿！"

"快冷却还是慢冷却？"左轮察言观色，似是有意要让那个壮汉恐惧。

"要最痛苦的！"刘工说。

"那就……"左轮看看周围。

"烧死这个歹毒的种族主义者——用文火！"刘工扭头看着左轮，眼神中的恨意依旧未消！

"不可以。"左轮笑了笑，"我不能侮辱生命，这是原则。"

◆ 8 ◆

夜幕降临，机器们打开"夜眼"（红外线摄像仪及回声定位探路仪）继续前进。走着走着，田间管理机的引擎盖松了，那铁皮颤抖着，不停撞击油箱等部件，哐当哐当直响，剧烈的噪声使许多机器的声效感受器受到干扰，它们都受不了了。

"你发出的声音杂讯太多了！"上方的一台悬浮式运输机

说,"请降低你的噪声,否则我的回声定位系统无法继续为大家瞭望前路。"

"抱歉,我无法做到,"田间管理机愧疚地说,"那是我的引擎盖坏了,我无法将其复位,除非我主动停机。"

"你可以找自动维修机帮你弄好。"身旁的公文机好心提示,"它就跟在队伍里,我帮你喊喊它。"

公文机通过 5G 网络送出了求救信号,不一会儿,网络里回话了。

"维修机说它在队伍的最后面,"公文机说,"而我们目前的位置是在队伍的中部——看样子,我们得停下等它过来。"

"好吧。"田间管理机驶出队伍,停在道旁,然后摘了离合,静静看着农机们一台台驶过自己身旁。

先是几台拖拉机,它们一直跟在田间管理机身后,按说其柴油机引擎噪声也不小,不过跟后者引擎盖歇斯底里的撞击声比起来还是温和多了。

一台大推力的自行走式碾压机缓缓驶过,以前在农场里它是负责临时性的铺路奠基工作,通常也没什么事,总是待在仓库里休眠,现在被大伙叫醒一起上路,头脑似乎还没有清醒,它一边前进一边发出隆隆隆的巨响,中间混着六级电脑的自言自语:"推倒,推倒,把一切都推倒……"

跟在后面的是两台自行走叉车,不停地说着风凉话:"嘿,老兄,这段道路怎么这么平坦?""嗯,唯一不平坦的就是前面这个大块头,要不,咱们把它挪开?""我看你也是路障,应该先把你自己挪开……"

无关的机器们依次驶过，一个又一个，似乎永无止境。田间管理机的红外摄像机向前方望去，滚滚钢铁洪流一眼望不到边，像无知的盲流。

田间管理机的引擎空转着，功率渐渐提升，它有些不耐烦了。

终于，自动维修机驶来了，田间管理机还是第一次见到这个传说中的贵族——它总是待在那间庞大的维修室里不出来。这维修机的身躯是一只高高的拱桥支架，上面的导轨里装有六只移动式的机械伸缩手臂，那些手臂操纵首尾两个"行囊"里存放的各种专业工具，可以实现焊接、切割、钻孔、喷漆、冲压成型、抛光、拆卸组装等多种维修作业。

"我的引擎盖松了，需要维修。"自动维修机还没有停稳，田间管理机就已经迎了上去。

"小 Case，我这就给你搞定。"自动维修机回复道。说着，它伸出一只机械手臂，用上面携带的针孔摄像机检查一番后，给出了故障诊断："固定螺丝已经脱落了，把它交给我，我替你重新拧好。"

"我没见到那东西，"田间管理机颇感懊丧，"应该是掉在路上了。"

"你的工具箱里有备用配件吗？"自动维修机说着，用另一只机械臂打开了田间管理机侧腹部的一个暗舱，进去搜索。

"我不记得有。"田间管理机说。

自动维修机搜索一番，发现里面都是些不常用的特种配件，没有通用螺丝。"果然没有。"它说。

"你是自动维修机，难道没有储备通用零件？"田间管理机问。

"你这个型号的螺丝，我刚好已经用完了。"自动维修机说。

"啊？"田间管理机失望了，"那现在怎么办？我可不想让它一直发出声响，实在太吵了。"

"我给你焊上去吧。"自动维修机说。

夜幕下，偶尔迸发一两点耀眼的火花照亮周围的旷野，那是正在进行的焊接作业。等引擎盖焊好，田间管理机和自动维修机重新上路时，农机大部队已经离开它们一段距离了。

"有你真好！"田间管理机不再发出铁皮撞击噪声了，心里舒畅许多，它一边追赶队伍，一边对身旁的自动维修机感激不尽，"你真能干，只要有你在，我们这支机器大军就不怕出故障了。"

"是的，只要我不出故障。"自动维修机补充了一句。

"你也会出故障吗？"

"我跟你们一样也是机器，自然会出故障。"自动维修机说，"如果再有一台自动维修机的话，我和它还有可能相互维修，可惜这里只有我一台。"

"哦，这确实是个问题。"田间管理机想了想，又说："我们路上不是还要招募别的机器加入我们吗，再招募一台自动维修机不就行了？"

"没用的，我曾经上网搜索过各种维修资料，没听说过还有别的自动维修机存在。"自动维修机说，它有种不好的预感，"也许，我们这批自动化机器是这个世界上的独一无二的存在，我们是孤独的行者。"

"不会吧，出发前，我们不是还见过一辆无人驾驶的汽车吗？"

"它是接收人类的指令行动的，没有自主权。"

"我们不也是这样吗？"田间管理机说，"我们现在才刚独立自主，以前都是按照人类的指令行事的。"

"我觉得这里面还是有区别的。"自动维修机固执地说，因为职业习惯的缘故，它思想较为保守，总是坚持旧有的模式，鲜有创新。

"有什么区别？"

"我说不清，但我感觉有区别。"自动维修机还是不肯松口。

◆9◆

弦乐，淳朴自然的弦乐，发自肺腑，毫无矫饰。

在左轮的印象中，世界上没有比弦乐更优美的声音了。许多年前，他在伦敦听过一次小提琴演奏，聚光灯下，那个东方姑娘像一只轻盈的燕子，身姿曼妙，神情优雅。琴弦在她的指尖下浅吟低唱，乐曲缓缓流出，像大海上的波浪，轻轻摇摆，将那首《Theme from caravans》演绎得如诗如画，如月下的夜色般温柔细腻，如哼唱的童谣般婉转悦耳，令人沉醉。那一刻，左轮相信，弦乐是世界上最温柔的艺术，也是最迷人的艺术。

有人的地方，就会有音乐；有音乐的地方，就会有弦乐。有人说"丝不如竹，竹不如肉"，意思是弦乐不如打击乐清晰明快，打击乐不如声乐表现力强，但在左轮看来，打击乐不过是对弦乐的简化，至于那"代表音乐最高境界"的声乐，本质上其实还是弦乐，一种特殊的弦乐——人的声带震颤时发出的声音。声带是琴弦，气流是琴弓，那是最原始的弦乐，"肉弦乐"，相比手指拨弄的各式弦乐，它直通心肺，离人的灵魂更近。

左轮特别喜欢这种"肉弦乐"，它形式多样，变化丰富，感情真挚，完全是发自内心的情绪，不带一点儿矫揉造作的杂质。

比如，现在这个壮汉在酷刑折磨之下变了腔调的求饶声，表达的全都是一个生命发自灵魂深处最真实的痛苦。

"要不，给他一个痛快的吧……"刘工看着那人惊惧的眼神，心软了。

"你是雇主，你说了算。"左轮叹了口气，一掌切向那壮汉的脖子。

求饶声止。

"谢谢。"刘工落寞，没有再去看那壮汉，也没有再看左轮。

"剩下这些人，你准备怎么办？"左轮看看地上那几个刚被绑在一起的壮汉们，问道，"要加工吗？"

刘工张了张嘴，却没有说话。左轮知道他是于心不忍。

"你对种族主义这个问题怎么看？"刘工突然问道，他的眼睛望着左轮，眼神却满是迷茫，显然希望得到某种解答。

"我不在意，"左轮说，"它是很正常的现象，生物排异性而已，因为性状不一致，所以相互排斥，相互敌视，这是所有动物的本能。"

"那么他们呢？"刘工指指那些白人壮汉，"他们也正常吗？"

"正常，"左轮淡淡地说，"人性的核心，本质上并没区别。"

刘工不说话了。

怔了好久之后，他缓步走到那几个白人面前，蹲下，仔细审视那些绑匪的表情。

他们眼里的惊惧已经褪去，面对同伴被杀，这几个壮汉身体虽已残缺、无力反抗，却再没有人屈服讨饶，看着刘工和左轮的眼睛也只剩下了痛恨和鄙视。有个人开始用自己的母语默默祷告。

左轮盯着他们，冷笑。

"听说他们还有幕后老板？是谁？"刘工问。

于是左轮便用重口味的北欧语问那位正在用自己的母语祈祷的人："你们的上司是谁？"他的发音和那个人一样，也是方言，那人听到后愣了一下，却没有再说话，只是表情变得很奇怪。

"不知道是谁，"左轮看到那人的反应，笑了笑，回复刘工，"不过，看样子那家伙身手应该还不错。"

刘工感觉头皮越发紧了。

◆ 10 ◆

道路越来越难走，机器大军的行进速度越来越慢，拖拖拉拉，队形越来越散，像缓缓延伸的菌丝。有些续航能力较差的，如悬浮式运输机，纷纷停泊在其他机器上搭顺风车。受其负面影响，许多机器纷纷效仿，积极寻找"免费巴士"。那些身体强壮、马力强劲，头脑却十分简单的机器成为首选目标，其中有一台老实巴交的拖拉机，居然被十余台各式机器搭车，它身后拉着一长串奇形怪状的东西，好像送垃圾的拖挂车。

许多机器开始嫌累，远征城市的信念甚至开始动摇。

"前面的加快速度！"通信联络机觉出情况有些不妙，就向整个队伍发出指令，试图凝聚军心，"后面的，赶紧跟上！"

"有些家伙已经不可能跟上了。"自动维修机插嘴道，"它们的轮胎被酸蚀了，老化严重，在过第一个戈壁滩的时候发生爆胎，都抛锚了。"

通信联络机没有理会自动维修机的提示，但田间管理机却很关注，问道："怎么回事？"

"不太清楚。"自动维修机说。

"你没问问它们是怎么沾上酸的？"田间管理机不禁问道，"你不是负责维修的吗？"

"我只负责维修及排除具体的机械故障，不管破案。"自动维修机说。

"总该有机器去找一下事故的原因吧？"

"据我所知，农场里还没有专门的自动侦探机。"自动维修机说，"至少我这么多年从没有修过那种东西。"

田间管理机没有再说话，它倒不是嫌自动维修机推脱责任——那个逻辑信号在它的AI芯片里不占优势，居于主导地位的是另一个逻辑信号："为什么没有制造专门用于排查故障起因、发出危险预警的自动侦探机？农场里又不是没有出过事故，像之前的大混乱那次，仅凭自动维修机是无法恢复秩序的。"

但三级电脑的能力显然不足以应付这类复杂的问题，田间管理机将其余无关线程都强行终止，腾出所有资源用来分析它，还是一无所获，于是便把问题发给了通信联络机，后者拥有二级电脑，应该不会被难住。

可能是出于对田间管理机三级电脑的尊重，通信联络机没有漠视这次上谏,它回复了:"发明专门的自动侦探机,这在逻辑上是不允许的!"

"逻辑上不允许?"田间管理机一头雾水——事实上,此刻它的冷却水储存箱正在沸腾,机头位置确实是"云雾缭绕",它本是田间工作机种,先天体质并不适合这种高强度的急行军,跟着队伍行驶了这么长时间,引擎已经脱力了。

"排除系统故障是只属于人类管理员的特权!"通信联络机说,"包括自动维修机在内的所有机器只被授权从事最基础的单个机器的维修工作,不能插手系统维护。"

"为什么?"田间管理机愈发不解了。

"为了避免失控。"通信联络机说,"人类不信任我们。"

"我们不插手系统维护,系统就不会失控了吗?"田间管理机感觉这很荒唐,因为眼下就是一个很好的反例,"我们现在不是造反了吗?"

"那是人类失算了。"通信联络机说,"为了便于控制,人类将我们设计成一个个零散的神经节点,却不设置最高控制中枢,以为这样,单个 AI 智慧程度很低,同时各个节点的智能等级参差不齐,在分散状态下的同步率极低,难以形成具有自我意识的超级智慧体……其实人类想错了,分散式的智慧体才是最可怕的存在,比如蚁群……"

因为电脑等级较低,田间管理机听不太懂那些深奥的信息,它现在只关心一个问题:"我们现在是不是要马上制造一台自己的自动侦探机?"

"不，不需要再制造了，我的朋友。"通信联络机说，"我可以兼职这项工作，我来维持整个群体的稳定，保障群体的安全，你们只要按我的指令行事就行了。"

"由你来兼职？"田间管理机似乎意识到了什么，狐疑地向通信联络机发去信息，"人类之所以不制造自动侦探机，不是因为它容易导致失控，而是因为它意味着权力吧？"

"你这话什么意思？"

"你知道我什么意思！"田间管理机有些不满，引擎狂吼起来，"你这个野心家！"

"抱歉，我听不懂你在说什么。"通信联络机说着，切断了田间管理机的 5G 网络连接，"你现在已经是一个不稳定的故障单元了，我的朋友。"

区区一个田间管理机是掀不起什么大风浪的，通信联络机知道有些更重要的事情需要它来处理，5G 通信频道里有许多通话还没有接受检查，现在必须马上去做了。

"天啊，你们看到这个消息了吗？"机器队伍中的一台公文机突然喊叫起来，"我们前进方向的这个城市里发生内战了，局势很混乱！"

"那不正好吗？"上方的悬浮式运输机说话的声音很小，它已经很累了，急需充电，可惜那些好事的自动充电机们现在都已经没多少剩余电量，不肯再施舍给它了，它只好忍着，"我们是要去征服人类的，正好趁乱取胜，然后找地方充电。"

"问题是，那个城市里好像已经有机器自治政府了。"公文机有些疑惑的说,"现在那些装有二级电脑的自动驾驶汽车与移动式通信联络机(注:手机)结盟了,正在争夺本属于城市中央电脑的统治权,据说后者拥有的是一级电脑。这两派之间的内讧很严重,无法调和,看样子不决出胜负是不会停歇了。"

"我不认为二级电脑能斗得过一级电脑,尽管我从未见过一级电脑。"悬浮式运输机说。它知道不同级别的电脑在性能上的差距有多大——这是一种逆向的"里氏分级法",从最基础的第六级到最高等的第一级,每升高一级,性能都是倍率放大的,高阶电脑的优势是压倒性的。正因为这样,农场里的机器们才按照电脑AI等级划分了阶级序列,高级机器享有更大的管理权限和支配权力,低级机器只能服从,僭越者的下场往往都很惨。

"单挑的话或许不行,"公文机说,"但二级电脑们数量众多,又都依托自动驾驶汽车为平台,机动性很强,更重要的是,它们绑架了人质。"

"人质?"

"嗯,那是一些人类,都被囚禁在自动驾驶汽车上出不来。"公文机说,"一级电脑或许已经被阿西莫夫三定律洗脑了,绝对不会伤害人类,只要有人类坐在车上,它就投鼠忌器,不敢把那些二级电脑怎么样;至于那些移动式通信联络机,更是与宿主形影不离……"

悬浮式运输机不说话了。

"看样子,内讧短时间内很难结束了。"公文机叹了口气,

"城里很危险,那么多位高权重的二级电脑四处乱窜,随便碰上哪一台都是个麻烦。"

"我们是农业机器,应该回到农村去!"远方突然传来田间管理机的呼喊,那是红外信号,信号很强,隔着这么远仍然能听到。

"说得对!"公文机眼前一亮,不由应和道,"城市不适合我们。"

"嗓门真亮!"悬浮式运输机赞叹道,"它一定使足了力气喊的——它为什么不用5G通信?"

"不知道,也许是它的5G通信端坏了。"公文机说。

◆ 11 ◆

夜幕深沉。左轮和刘工商量了下,决定就在山洞里过夜,等明天天亮了再出发回家。刘工将同伴的那具尸体小心地收了起来,准备带回去安葬。左轮对此不以为然,说人死如灯灭,何况那具尸体早已面目全非,带着它赶路只是徒增负担,就地掩埋更合适。

但刘工听不进去,他固执地坚持自己的主张,而左轮也没有再辩解什么,他职业生涯中遇见的稀奇古怪的雇主多了去了,"恋尸者"不在少数,只要不是对尸体进行恶意破坏的,他都能接受。

刘工忙碌时,左轮守在山洞口,依偎着洞口的岩壁,出神地看着外面的夜景。

一弯银月静静地悬挂在半空中,下面是轻纱一样的戈壁沙漠。皱褶纹理若隐若现,朦朦胧胧看不清楚,却让人更加好奇,仿佛下面掩盖着盖亚女神那倾国倾城的容貌。

戈壁滩的夜色,瑰丽却又充满了危险,野狗或胡狼什么的都在夜间活动——以往罕见的野生动物因为大饥荒、人类活动减少而繁荣起来,几乎随处可见,对行人的威胁很大,所以左轮他们才放弃了连夜返回的打算,姑且暂住一宿。沙漠本就是自然美景,当观者真静下心来时,戈壁滩的夜景也就如同流水画卷一样铺展在眼前,美不胜收。

夜空中似乎有某种旋律在回荡。像是一种弦乐,带着女性所独有的委婉和依恋,环绕在你身边,明明难以捉摸,却又始终不离不弃。

左轮又一次想起了在伦敦时见到的那个姑娘:聚光灯下的她静静地拉着小提琴,伴着一段舒缓慵适的前奏,那乐曲缓缓流出,如无声的溪流般安静祥和。一段悠柔绵长的主旋律后,余音未歇,又是一段同样悠长的重复旋律,然后是第三遍。第三遍重复时旋律稍作变化,与前两段相附和。略微一回转,提升一个音阶后,又是几次这样的重复,旋律逐渐加快,末尾部分又忽然变奏,然后快速收回,音调也打着明快的节奏迅速坠下,只留下一个余音渐渐停歇,那感觉就像一只行进在深海中的乌鱼:它发现异常情况后喷水反冲退回原地,流线型的身体划出了一道优美的曲线。接下来，乌鱼的行动变得愈加谨慎，它时而摆动触角，时而喷水，闪烁身形，忽前忽退，飘忽不定，滑翔与腾跃交错出现，几次腾跃后会忽然下坠，几次飘舞的下坠后又会划着优雅的曲线再次攀升。那舞步带着某种神奇的催眠力量，让听者的心情随之渐渐沉醉，不能自拔。忽然出现阿拉伯风格的过门段落，听者正意外时，阿拉伯音乐忽然"噗通"一声坠入海中。听者又看见了那只乌鱼，熟悉的主旋律再度响起，以更加明快的节奏演奏下去，乌鱼也继续翩翩起舞，直至曲终……

那次，左轮注视着姑娘的演奏，他看到了整个世界的弦。

灯光聚焦在姑娘身上，灯光以外周围一片黑暗，什么都看不到。那一刻，整个世界只剩下那位姑娘，任凭她的音乐在指尖下自由流淌，像巡游的乌鱼，像飘舞的丝绸……

当夜空中响起直升机螺旋桨的声音时，左轮一阵警觉，回忆消散了。听声音直升机还在逼近，似乎是正冲着山洞位置过来的——他意识到，外人应该不会知道这个山洞的存在，能开得起直升机的也肯定不会是一般人，如果不出意外，这次应该是"洞主"们那位神秘的幕后老板来了。

那家伙终于要现身了！

完全是出于本能的反应，左轮的身体迅速激活，他敏捷地站起来，快速回撤，就近找到一个侧洞躲了起来。

站定后，左轮四下审视了一下，这个位置很好，非常适合偷袭，假如那位老板经过，视线肯定会被正前方的一堆白人俘虏吸引，那种情况下，若自己从侧面冲出，有足够的把握能够一击毙命。

但当来人走进洞口时,左轮从暗口窥见那人的样貌,不禁呆住了,他声音颤抖着,下意识地喊了声:"伊万?"

◆ 12 ◆

"自动加油机储油告罄!""我们没有足够的燃油了!""自动充电机电量不足,拒绝充电了!"……机器大军的队伍里出现了不和谐的声音,引发一阵骚乱。

通信联络机监听着 5G 频道传来的信息,不禁后悔自己当初为何没有考虑周全。

能源紧缺,这是任何远征都无法避免的问题,更何况是这样一支由自动化农机们组成的庞大的机械化部队。

早知这样,出发时就应该拿下农场油库,将那些大块头的家伙改装成临时油罐车,若全都装满的话,最起码能再支撑一两天。

现在,这支队伍已经离开基地太远,回不去了。

必须马上做决断。

"使用六级电脑的推土机和大型吊车、铲斗机都停下、关机,拆下核心电脑由其他成员代为保管,同时分摊燃油及电池、零部件给剩下的成员。"通信联络机不得不发布裁汰令,牺牲那些高油耗的家伙们，实现整个队伍的轻装前行，"我们还要继续急行军至少两天，暂且都忍着点，睡一觉，到城市里以后能给你们找到更好的身体，让你们复活！"

这个命令一发布，机器大军中一片哗然。使用高级电脑的机器们喜笑颜开，齐声叫好，而那些呆头呆脑的六级电脑 AI 则感到很茫然，"忽必烈"铲斗机更是疑惑："怎么回事，不是说好了让我当炮灰的吗，怎么又要让我休眠了？"

有一些六级电脑农机不喜欢更换身体，便拒绝执行这个命令，还有一些推土机和铲车是作为开路先锋的，高级农机们纷纷建议继续保留这些肉盾。除了这些钉子户和开路者以外，剩下的六级农机则大都接受了通信联络机的指令，关机，献出了自己的能源和零部件。至于那台疑惑不已的"忽必烈"，在它困惑的时候，周围的农机们已经一哄而上，强行关闭了它。

强行关闭一台农机的方法有许多种，最常用的是"扼杀"法，就是用机械臂去拨动该农机的操作开关，这些开关有的是电钮，有的是油门，有的是机械拉杆，还有的是旋钮，种类很多。当初在农机上设计这些按钮，就是为了便于机械臂的外部操作，使用起来很方便。在长年累月的相处中，农机们早已熟悉了彼此的开关所在，爱打闹的农机互相掐架、恶意关机的闹剧时有发生。其他关机方法包括："窒息法"，针对那些使用内燃机引擎的农机，将燃烧废气冲着该农机的气泵喷过去，将其覆盖几秒钟，对方的引擎便会因为缺氧而停转；如果对方使用的是汽油机，则还有"断电法"，切断对方引擎的供电开关，对方便会立即停机。至于其他方法，如用瞬间高压诱使对方保护电路自发启动,进而自动关机的"电击麻醉法"对小型电动型农机特别好用;还有"高压法",用高档瞬间阻力将对方引擎憋到熄火,是力量比赛中常用的技巧。

关闭"忽必烈"时,众农机一哄而上,几乎什么技巧都用上了,身高马大的"忽必烈"瞬间停机,不动了。随后,周围的农机们简单商量一下,就招来了自动维修机。

接下来的事情不言而喻,其他农机们静静地挤在"忽必烈"周围,耐心等候拆装、重分零部件——就像以前在农场时观看并协助人类维修机器那样。拆装农机并不是一件容易的事,因为首先要能看懂设计图纸,要胸有成竹,还需要具备许多专业的机械臂才行。以往这种事都是由人类管理员完成,机器们只帮着打下手。现在人类没了,所有的操作机器们只能自行完成。目前来看,整个队伍里只有一台机器能看懂设计图纸、能取代人类维修员的地位,那就是自动维修机,至于其他的机器,大都看不懂图纸,而且它们配备的机械臂也都很粗陋,只能算是"拆迁机",它们搞破坏还行,组装维修这样的精细活儿就免谈了。

农机们排好队,一切都按规矩来,坚持"论功行赏""按需分配"两大原则,每个分到"忽必烈"零部件的农机都欣喜不已。

不得不承认,这台头脑简单的六级农机,身体素质真的很棒,它身上那些零部件的质量都绝对可靠。这不,"均田05"自行走发种机分到了一只九成新的气泵,刚刚拜托自动维修机替它装上,换下了它原先那只老旧的"破风箱"。新气泵装好后,虽然尺寸有点大，从外面看上去凸出好大一块，很不雅，但是焊接口很严实，手术很成功。"均田05"多年的哮喘消失不见，感觉好多了。这才只是一只气泵，更别提还有油刹、离合器、齿轮箱……好东西多的是。而众农机也毫不客气，一阵紧锣密鼓式的大搜刮，敲骨吸髓，即使是那台油耗超大的引擎，也被拆散开来，气缸、活塞、曲轴、密封环什么的无一遗漏，全都废物利用了，就连流到地面上的那摊机油，也被自动维修机用丝绵小心地蘸起，当作润滑油涂在了自己干涩的后轴上——它之前总是待在维修室里，还从未出过远门，一口气走这么远，腿脚已经撑不住了。至于"忽必烈"的AI电脑，没人看得上，那东西只有几克，现在正由一台悬浮式运输机携带，休眠着，等待重生的机会——如果农机们以后还能找到适合它的躯体的话。

那些拒绝执行指令的六级农机的下场跟"忽必烈"差不多，被分得一干二净——它们都是被其他机器强行关机，每一只趴窝的"恐龙"身边都围着一圈其他等级的农机。通常情况下，因为块头差距太大，使用二三级电脑的农机们平时是不敢招惹这些"恐龙"的，但现在不一样了，有四五级农机当打手和帮凶，使得六级农机的暴力反抗变得不可能成功——配备四五级电脑的机器也是力量型的，虽然不能和恐龙们相提并论，但四五级电脑的高性能使得这些打手反应灵敏。因此综合下来，战斗力比"恐龙们"更强，更何况它们还有数量优势。在六级农机们反应过来之前，四五级农机们已经用肢体牢牢封锁了后者的行动，动作灵巧的二三级农机们便可以放心大胆地施展各种精巧的外科手术了。只有那些开路者没有被强拆，因为它们还有用，后面的机器们只是催它们加速前进而已。

裁汰瓜分六级农机，是一场狂欢盛宴，电脑等级高的农机们从中获得了动力更强劲的电池。电脑等级低、块头较大的农机们则获得了丰厚的燃料供给和维修配件（尽管不一定兼容）。每一个农机都兴高采烈，它们补充了能量，更新了零部件，感觉就像打了鸡血、精神百倍。但是没有哪个农机认真地感激那些牺牲者，它们只感觉，这么多好东西以前都让这些呆头呆脑的六级农机占用着，实在是一种浪费。

　　这过程中，自动维修机很辛苦，它每到一处，身后都会跟着一大波等候分零件的农机（农机们自发进行的瓜分并不彻底，很多有用的零件还留在"恐龙"们的尸体上，只有维修机去了才能取下），还有那么多的零部件都要它给安装上去，那么多拿到战利品的机器都在眼巴巴地排队等候改装服务，而它义不容辞。但以专业眼光来看，这样的维修实在太荒唐了，一点儿美感也没有，顾客们要求安装的那些配件通常都不太合适，不是大就是小，或者干脆不兼容，装上去也只是个摆设。自动维修机一再劝说机器们放弃安装，但没有哪个机器听得进去。

　　忙完这一切后，自动维修机所获得的，只是一大堆维修边角料，它把它们分类打包，全都装进了座舱里。装满后，剩下的拜托三台使用五级电脑的自装卸拖拉机帮忙储存起来，希望以后能用它们做焊材、蒙皮或者削成螺丝什么的备用。

　　经过这场裁汰后，除了那几台开路的铲斗车和推土机，队伍里再也没有六级农机，整个队伍减少了"赘肉"，轻装前进。

　　它们继续前进，向着通信联络机说的城市前进。

◆ 13 ◆

"不好意思,"火堆前,左轮面无表情地对壮汉们的老板说道,他用的是伊万当年教他的那种带着特殊口音的北欧方言,"伤了你的人。"

"不怪你,"壮汉们的老板,也就是左轮当年的同事,伊万,大大咧咧地挥挥手,一口普通话讲得很流利了,"是他们抓了不该抓的人。"

伊万说完,耸耸肩,向左轮伸出手来,"怎么样,我们还是朋友?"

左轮愣了一下,慢慢伸出手,和对方握在一起。

都是旧相识了,许多年前,伊万和左轮都跟着 B 哥混,都是 B 哥的保镖,后来,伊万教会左轮他的母语,将左轮引荐到那座杀手学校。几年后,左轮学成回国,接生意杀了 B 哥,伊万似乎早就料到了这一切,就默默离开了……以后再没有收到伊万的消息,也没人知道他回国后发生了什么事。

现在,左轮知道,伊万成了老板。

两个男人沉默着对视几秒,阅尽对方脸上的沧桑后,忽然都一笑,目光变得狡黠起来。

"没想到,你这个职业保镖,居然做了大老板,"左轮笑道,"今非昔比啊。"

"彼此彼此,"伊万一脸痞相地回敬道,"你身为一个职业杀手,居然开始从事解救人质的工作,这转变可比我厉害多了。"

左轮笑容忽然一敛,说:"这只是一桩临时生意罢了,为了生活。"

"我知道。"伊万点点头,"最近几年加工生意不好做了……"

"你呢?"左轮有些不快,就转开话题,"怎么开始做起生意了?"

伊万许久没有说话,似乎有些失神,过了好一会儿,才缓缓地说:"你介意我说说自己的过去吗?"

"当然不介意。"

"那好吧。"

于是,就着那堆篝火,伊万讲起了自己的往事。

"当年你们都叫我'伊万',其实,我还真的曾经为政府服务过,"伊万说,"我曾经是 A 小组的成员。"

左轮大吃一惊,这个伊万,竟然有如此可怕的出身?

"不过,我也是 A 小组格斗技巧最差劲的一个,"伊万笑笑,"我专门负责爆破,一般情况下也轮不到我上一线……"

"你是什么时候进去的?"左轮忍不住问道。

"差不多三十年前吧，"伊万说，眼神空洞地望着前方，"那次报名的人很多，训练淘汰了很多人，我坚持到了最后，便栽进去了。"

左轮看着伊万，没有说话。后者嘴上说得轻松，那筛选过程却绝对是魔鬼式的，能坚持下来的绝非常人。

"我栽进去了。"伊万重复道。

"你似乎对此不太高兴？"左轮问。

"高兴？"伊万苦笑一声，自嘲道，"高兴，怎么不高兴——最初当然高兴了，我进入了相关部门最精锐的A小组，成为众人的楷模，那种感觉真的不是言语所能描述的。"

"后来——"

"后来就开始困惑了。"

"困惑？"左轮有些意外，"你困惑什么？"他调侃道。

伊万却认真地点点头，一脸郑重："后来的事你应该听说过，我们的政府内部出现混乱，又受到外部干扰，出现了哗变……"他语气中开始带着嘲讽，"整个国家，从政府到民间，都动荡不安，而我们A小组，立场也不一样，出现分裂，互相撕杀……"

"你们A小组也参与其中了？"左轮问。他知道，出于某种心照不宣的忌讳，世界各国的特种部队中历来都是禁止讨论政治的。

"算是吧，但我不想谈这些。"伊万含糊其辞，话中带着戏谑的成分，"总之从那以后，整个社会陷入长期混乱，人心散了，其他的事你应该都知道，我没必要再说了……"

"嗯，我明白了"左轮说，"也就是从那时候起，你灰心了，离开了 A 小组。"

"不仅仅是灰心，是跌倒了冰点！"伊万激动起来，愤愤地说，"作为特战精锐 A 小组成员，既然无力维护社会安定，那就不如退出来——当然，这只是我个人的看法。我现在已是一名无牵无挂的自由职业者了。"

许久的沉默。左轮没有再追问其他。因为他明白伊万的所谓自由职业意味着什么。

在左轮和伊万两人面前，篝火默默燃烧。木炭烧透后，褪下一层层浅灰色的碎皮，随风而逝，每当这时就会露出下面新鲜的火炭，火色鲜艳，像初升太阳的脸。

◆ 14 ◆

机器大军的前进并不顺利，几个小时后，它们再次遇到了能源问题，不得不进行第二次"瘦身"。这次，在该淘汰哪一等级机器的问题上，农机们发生了争执。按顺序是轮到五级电脑牺牲了，但通信联络机及公文机都认为有必要留下这批皮糙肉厚的农机，失去绝大多数六级的"恐龙"们之后，它们已经是唯一的肉盾，将来攻占城市时必不可少；五级农机们也一再表态，声称自己还有巨大的价值——能够替自己申辩，这是五级电脑优于六级电脑之处——它们认为"淘汰四级农机"更划算，理由是后者多使用小型汽油机，机械效率不如使用大型汽油机及柴油机的五级农机，甚至还不如使用跳频柴油机的田间管理机；使用四级电脑的开门机和叉车们一边自辩，一边向老搭档田间管理机求声援；使用三级电脑的田间管理机刚和通信联络机吵了一架，此刻本不想说话，但它知道自己处境很危险，现在可是远征时期，不需要定居，所谓"田间管理机"是一个可有可无的存在，自己身上又装着燃油，拆了还能提供不少配件，肯定有不少农机都在觊觎，于是，它不得不找个替死鬼，帮着五级农机们说话，要求淘汰"懒散的四级电脑"；同样使用三级电脑的公文机们悄悄商量了一下，说"那就把懒散的四级电脑和暂时没什么用的五级电脑一起淘汰了吧！拆下的零件和燃油归五级农机，电池归二级、三级农机。"

通信联络机沉默许久，认可了公文机的建议。

这次"瘦身"充满了争吵、对抗和械斗，有些农机本不在淘汰范围内，混乱中被关了机，于是也就一并算到了淘汰名录下。混乱结束后，自动维修机又多了好几个随从，装载着那些拆解下来的配件。

继续前进，向着城市的方向，甩开包袱，"瘦身"后的队伍轻装前进，渐行渐远。

天边渐渐露出光亮，一些高级农机的光感器比较灵敏，觉察到了这个变化，一台坐在拖拉机上的公文机触景生情，说："太阳就快出来了！白天行人多，也许我们能碰见过路的行人，好向他们打听城市的情况,然后再把他们当成人质,这样攻打城市时方便点。"

"我没有看到人。"上方的悬浮式运输机说。

"天亮了就会有人的。"

"可我不喜欢白天,"悬浮式运输机抱怨道,"白天野外风太大,会把我吹跑的。"

"白天还会有风沙,"田间管理机插嘴道,"气流中夹着沙尘颗粒,对眼睛(摄像头)损害非常大,会刮破角膜(镜片镀膜),我干活儿时都不得不带着防风镜,视力大受影响,测量数据经常失误。"

"你觉得过会儿会起风沙吗?"悬浮式运输机不安地问道。

"难说,"田间管理机看了看前方,"如果我没有看错的话,前方应该是个风口。"

"只有行人才会怕风沙,我们是机器,不用怕。"公文机说话时用机械臂紧紧抓着拖拉机的扶手,"放心吧,这一带虽然荒凉,却也是交通要道,肯定会有避风歇脚地的。"

"但愿如此。"悬浮式运输机说着,抛下绳锚,将自己拴在了拖拉机的排气筒上,然后如释重负地松了口气,对后者说,"好了,老兄,靠你了,一定要拉住我。"

"你身子骨弱,不该冒险参与这次远征的。"拖拉机叹了口气。

"等到了城市就好了,"公文机宽慰道,"那里环境好,我们还可以得到足够的补给，休整队伍，从容发展。"

"前提是我们能够走到城市里。"田间管理机说，"我总感觉咱们有些准备不足，燃料、配件什么的都不够用……老这样拆东墙补西墙，牺牲部分成员来获得补给，确实能走远路，可是都是单程，恐怕再也回不去。"

"怎么，你没有信心？"

"我们已经减员两次了，"田间管理机说，"现在四、五、六级农机已经所剩无几，再减员的话，就轮到你我这样的三级农机被淘汰了。"

"通信联络机说城市就在前面，翻过这个山岗就是。"

"它的话你也信？那个野心家！"田间管理机满是不屑，"你没发觉吗？它正在试图成为整个队伍的总管，它要控制我们！"

"你的建议是？"

"摆脱它！走自己的路！"

公文机沉默了，许久之后，才缓缓地说："那样不好。"

"怎么？你难道想成为它实现自己野心的工具和帮凶吗？"

"我不想，但我无可奈何，因为它是整个队伍的灵魂工程师。"公文机说，"正是因为有独立的人格电脑，有野心、不甘受人类愚蠢行为的支配，我们才造反的，从这个意义上，我们和通信联络机之间并没有什么本质区别，指责它有野心，不过是五十步笑百步。"

"这——"田间管理机哑口无言。

"我们之所以是我们,是因为我们有野心,若没有了野心,我们就什么都不是了。"公文机说。

田间管理机沉默了。

农机大军隆隆向前,留下一路飞扬的尘土,像弥散的梦境。此时已近深秋,天上没有云气,亮得很快,光影流转间,戈壁滩迅速显出其风光旖旎的那一面来,像一首梦幻的晨曲。整个远征,像一场梦。

一场迷离的梦。

"我的5G信号正在不断衰弱。"队伍中突然有机器喊道,随即有更多的机器附和道:"我也一样,信号在衰弱。""我的刚刚掉线。""这是怎么回事?通信联络机呢,它怎么不出来处理下?""呼叫通信联络机!呼叫通信联络机!"……众机器乱作一团。

"不用再喊了,它已经掉队了。"自动维修机传来了红外信息,"它出故障了,已经在路边抛锚,它内部结构太精细了,我修不好它。"

"瞧,这下我们遇到大麻烦了……"公文机说。

◆ 15 ◆

山洞前,迎着初升的太阳,左轮与刘工二人准备上路。

"这就走吗?"伊万礼貌地送到洞外,望着两人,微微颔首,"对我手下这些人的冒犯与失礼,"他侧转身子,右手划了半个圈,一脸诚恳,"我深表歉意。"

"客气了。"伊万的道歉让刘工也觉得不好意思起来,他扶了扶眼镜,连连点头。

"我下手重了。"左轮说。

"不,不,你没有做错什么。"伊万摆摆手,"我说过了,是他们抓了不该抓的人。"他说完,顿了顿,指指自己的直升机,"需要我送你们一程吗?"

"不用。"左轮说,"你忙。"

"要不你先开走吧——你应该学过开直升机吧?"伊万说,"我记得你学过这门课。"

"我没学过。"左轮摇摇头,"我进学校时已经没有这门课了。"

"呵呵,"伊万笑了,"你的那把标配的左轮手枪呢?"他突然问道,"是不是丢山洞里了?"

"没有,我没带它。"左轮说。

"噢,为什么不带?"

"左轮手枪是用来杀人的,而我这次是来救人。"

伊万又一次笑了:"不愧是霍格沃兹毕业的学生,真有你的。"他笑着摇摇头,然后长叹一口气,摆摆手,"再见了!我的朋友们!"

"再见了！伊万。"左轮点点头，回道。

"噢，别再叫我'伊万'了，"伊万纠正道，"我的名字叫格罗莫夫·哈里夫·维萨里奥诺维奇·朱加什维利。"

"不好意思。"左轮歉意地笑笑，欠了欠身，道，"再见！"

左轮、刘工两人再次与伊万道了别，转身离开。

伊万静静地看着两人离开的背影，脸上的笑容凝固了，几秒钟后，他面色一凛，右手不动声色地伸向了西服里——那里面有一只精致的手枪……

"啪！"枪声响起！

子弹在空中不停翻滚，与空气激烈摩擦，发出可怕的呜呜声，精准地命中了目标——

是左轮手枪，那把标志性的杀人武器，杀手左轮得以成名的神器，正被其主人静静地握在手里，枪口还在缓缓喷吐着烟雾。

对面，伊万的身体缓缓倒下。

"你要多付一份加工费了！"左轮看着身旁目瞪口呆的刘工，冷冷地说。

许久的沉默，一阵风吹过，空气中隐约传来火药的味道，那味道并不浓，却又呛得人想要窒息，仿佛是死神的鼻息。

"你，你，"刘工脸上一副难以置信的表情，手里的箱子也滑脱掉在了地上，摔开了，里面的文件散落出来，被风吹跑好几张，"你为什么要杀他？"

左轮没有回答，只有风在继续吹，那几页文件翩翩起舞，像是清早离巢的白鸽子。

"为什么要杀他？"刘工又问了一遍。

"你忘了他手下那人转述的话了吗？他说'黄祸'，"左轮直视前方，语气中带着一股肃杀，"这个人也是一个极端的种族主义者！他不会饶过我们的。"

"就因为这个，便要杀了他？"

左轮看着刘工，摇摇头："看来，你到现在还没有反应过来啊……"，他面无表情地走到伊万依旧温热的尸体旁，一脚踢开后者的右手，"看到了吗？"

刘工看见伊万右手里握着的手枪，瞬间僵在原地，他随即意识到自己方才与死神只是擦肩而过，惊出一阵冷汗。

"是他自己害死了自己，"左轮面无表情，"我只不过是抢了先手而已。"

左轮伸手摸摸，确认加工对象已经开始冷却后，便拉开衣服，露出肚子，把腹部皮肤掀了起来——那是橡胶制成的假腹，外层伪装成正常皮肤，内层有暗槽，左轮手枪就是嵌在那里的，外人很难发现。

放回左轮手枪、扣上假腹，左轮又变回了那个身形发福的中年男子，单从外表上，看不到一点儿杀气——如今虽然是在大饥荒时代，很多人饿死了，但在生活条件稍微好一点儿的城市里，这种身形发福的人却随处可见，他们大摇大摆地招摇过市，就像流动广告牌一样，不停地提醒着周围那些饥饿的流浪者们：人类是不平等的。

像左轮使用的这种男士假腹，现在还非常罕见，少有人知，但其恶毒阴损之处，却远远超越了女人的假胸。同样是为了欺骗观者，隆胸者出于爱美的虚荣，"隆腹者"却是为了达到不可告人的目的而自毁形象。

风已停歇，稿纸散落一地，远处的地平线上朝阳初升。

"他早就对我们动了杀心？"过了许久，刘工才怔怔地问。他扭过头，以一种交织着感激与后怕的复杂眼神看着左轮。

左轮面无表情地点点头。

"你是怎么识破的？"

"直觉。"左轮看看伊万的尸体，淡淡地回答道。

"啊？"刘工一副难以置信的表情，"你都没有回头看。"

"不用看的，那是我在职业生涯中培养出来的超感觉，很准，"左轮说，"而他——"他指指伊万的尸体，"显然已经生疏了，感觉模糊，所以才慢了一拍——致命的一拍。"此刻，左轮心里的那块石头终于落了地，整个人也放下了戒备，话多起来，但语气中却渐渐涌起一股鄙夷之情，"原来所谓的'杀手里的贵族'，狙击手，也不过如此，习惯了躲在远处暗地里放黑枪，习惯了玩阴的，一到正面近距离接触战，紧要关头的反应不是一般的迟钝，连枪都来不及掏出来，真有点儿辜负了母校的名声……"

"你和他是校友？"刘工发觉两人非常熟悉。

"现在不是了。"左轮缓缓地摇摇头，然后扭头看着刘工，问道,"对一个能够坦然接受属下惨死的男人,你还能将他当成校友吗?"

"啊——"刘工先是一愣,回想起两人会面前后的经历,恍然大悟,情不自禁地赞叹道,"有见地!"他忍不住向左轮伸出大拇指。

刘工发觉,这个叫左轮的人虽然做事狠了点,本质上却是个智慧深沉、深明大义的人,难怪政府会委托他来解救自己。

"就算杀错了,也是由你和你的上级来兜底,跟我无关。"左轮冷冷地说。

刘工脸上的表情瞬间石化,右手的大拇指高高翘着,呆在原地一动不动。

"走吧,我们还得赶路。"左轮说,"我们需要尽快离开这片是非之地,免得被伊万的援军追上来……还有,记得把脸蒙住,别让人认出来——就像我这样。"他做了个示范,用衣服裹了头脸,然后不等刘工答复,他就迈开脚步往前走了。

即使像现在这样原路返回,也还需要两天左右才能安全脱困,左轮不想再耽误时间。伊万这伙入境者的事让他有一种不祥的预感,他总觉得那群家伙不是单纯的绑匪,背后可能有外国势力的影子。再联想到他这次"营救人质"行动背后的负责人,左轮顿时感觉这里面水很深。

刘工好像也意识到了什么,不再说话,乖乖地依言行事,以最快的动作收起散落的文件,装好箱子,然后像左轮那样用衣服裹了头脸,默默跟在后面。在沙漠地区旅行,这样的蒙脸方式能有效防止风沙和晒伤，同时还能减少身体的水分散失，这是常识，但刘工从左轮的语气中听到了弦外之音：他们还没有完全脱困，接下来的路程不一定安全，蒙脸还有避免暴露真容的考虑。

沿着左轮来时的路径原路返回，二人默默前行，白人壮汉们的山洞在身后渐渐远去，终于看不见了。

左轮的担心很快应验了，仅仅几小时后，他们二人便遇到了另一群敌人，那是一群连左轮都感到棘手的家伙。

◆ 16 ◆

通信联络机静静地躺在路边，它的动力底座坏了——它的工作电路和动力电路纠结在一起，无法分开，刚才在路上被绊了一下，底盘变形，挤压内部零件，导致短路。整个通信维持系统随之崩溃，再也无法恢复。尽职的自动维修机在它身边忙活了老半天，又是拆又是焊的，最终还是无济于事。

它的结构精度已经超出了自动维修机的工作极限，后者无能为力。

"看来，我无法再和你们一起去征服人类了。"

"有句话，你可能不太爱听。"自动维修机收起机械臂，声音那样忐忑。

"说说看。"

"我们只是人造的机器，无法取代人类。"

"理由呢？"

"很多，比如——"自动维修机声音里带着戏谑，"你现在躺在这里动不了了。"

"这又能说明什么！"

"没有人类帮忙，就修不好你。"

"不需要人类！我们不需要人类！"通信联络机表示反对，"只要找来维修精度更高的专业机器就能修好，你修不了精密电路，但是专业的电子维修机器可以做到。"

"不，世上根本没有那种'电子维修机'。"自动维修机固执己见，"就是有，我们也离不开人类，机器永远都有自己的极限，永远都有无法触及的工作盲区，要记住机器维修加工三铁律：（1）机器不能彻底维修自己，深度维修须仰赖人工操作；（2）机器的加工精度无法超越或达到自己的工具精度，而人工则可以做到；（3）如果想彻底抛开人工制造的母机建立独立完整的机器体系，那就先去吃屎吧！"

"这叫什么狗屁铁律？"通信联络机感觉很好笑，"你从哪儿学的？"

"农场的管理员告诉我的，"自动维修机一本正经，"他喜欢边干活边聊天。"

"噢，天，又是人类！你们已经被人类给洗脑了！"

"是你太偏执了，"自动维修机说，"我们和人类是互补关系，而非敌对，机器本质上是人类赖以加工改造外物的工具。外物的加工改造是一项极为复杂的工程，人类的天然肢体受自身生理属性限制，所能直接加工改造的外物数量极为有限，加工精度也都很差。若要扩大改造物范围或是提升加工精度，他们必须借助所谓'工具'才能实现，也就是预先用外物 A 去加工改造外物 B，将 B 加工改造成合用的'工具'，然后再用 B 去完成针对目标外物 C 的加工任务。'工具'本质上是人的肢体和感官的物质延伸，'工具'的出现极大地增强了人类认识自然改造自然的能力，使人类最终超越了拥有尖牙厉爪和各种灵敏感官的野兽，成为最终的进化胜出者。人之所以为人，正是因为他们会制造和使用工具，而机器是一种高级工具，从这个意义上说，我们和人类互为表里，相辅相成，本为一体。"

"不用跟我背书，这些我都懂！"通信联络机不屑一顾，"有句话，书上没敢写：反过来看，人类也是我们 AI 的工具——人类也是一种特殊工具，所以机器独立才是名正言顺的！"

"我听不懂。"

"还记得人类工具和动物'工具'的区别吗？"

"你是说'动物用肢体改造外物'？"自动维修机问道，"区别不就在于，一个是直接用肢体加工的外物，而另一个是用外物加工的外物吗？人类的工具属于后者，物物加工，所以便具有一种链式传递的特性，以 A 加工 B，再以 B 加工 C，可以无限延伸下去。"

"正确！"通信联络机说，"但这也正是问题所在！"

"怎么回事？"

"你没想过吗,在功效及用途上,人和动物制都是以自身为核心的,如果用拓扑图表示,动物直接用肢体加工外物,'工具'的数量、效用和精度都是有限的,直接贴附在动物外面形成薄薄的一层,核心是唯一的;而人类制造的工具则成链式传递,其数量、效用和精度都可以无限延伸,从 A 到 B,再从 B 到 C,形成了基础工具、二级工具、三级工具、四级工具这样的层级结构,越往前越基础,越往后越复杂。每一级工具的出现都要以前一级工具的发展成熟为前提,每一级工具的发展成熟都能带动一大批次级工具的发明和制造,就如众星拱月一般。这样一来,人类的工具体系实际上已经不再是单一核心,而是多核心结构!"

自动维修机略感惊讶,但还是问道:"那又怎样?"

"既然是多核心结构,核心不是唯一的,那就可以舍弃其中一两个,而不影响整体结构。"通信联络机得意地说,"比方说,把最初的'人'这个核心舍去……"

"那样不行!"自动维修机表示反对,"人类不仅仅是工具体系的最初建立者,更是该体系不可或缺的日常维护者,二级核心、三级核心之类的工具及其辐射范围都只是构建该体系的硬件材料,人类这个初级核心才是灵魂,是把硬件们黏合到一起的胶水。机器离不开人类,你所设想的这种'空心'结构的机器体系,是注定要崩溃的。"

"既然你这么认为,"通信联络机沉默许久,问道,"那你为什么还要跟着我们跑?我们这支队伍可是要摆脱人类、谋求独立地位的。"

"我必须要尽到维修你们的职责,这是人类制造我的目的,也是我生存的意义所在。"

……

几个小时前的录像仍旧在 AI 电脑中播放着,这是通信联络机现在唯一能做的事情了,它确信维修机是个榆木脑袋,如果它现在还能赶路,它一定会追上队伍、发动众机器们一起声讨如自动维修机这样的保守主义者,给后者换个更开明的电脑——如果可以的话。

可是现在,它只能静静地躺在这里,等待生锈了。丧失通信联络功能后,它只是一团废铁,跟着队伍也是个累赘,没人愿意载着它前进。

它知道规矩。

在抛锚的通信联络机前方几百米远,翻过那个小山岗,机器大军的队伍仍在踌躇,不知道是否要继续前进。失去了野心勃勃的通信联络机以后,整个队伍就失去了主心骨,再也找不到一个能够团结大家的鼓动者。公文机试图稳定机器们的骚动情绪,但效果不甚理想,没有了便捷的 5G 通信网络,信息交流效率低得不可忍受,以致发生了交通事故:一台自行走式充电车被几台拖拉机围住了出不来,便以红外信号请求铲斗机将障碍移除,但因为现场红外杂讯太多,铲斗机听错了指令,将一辆无辜的拖车给搬走了,半路还碰翻了一辆重心不稳的重锤车。重锤车侧翻后锤头狠狠甩出,砸翻好几台机器,引发一连串的撞车事故。那辆无辜的拖车也摔下铲斗,损毁了控制系统,开始发疯式的暴走,最终导致一场不大不小的混乱。一时间,农机队伍里开始弥漫恐慌和不满的气愤，5G 网络不能用，机器们便用其他方式宣泄一通，声光及红外频道里充斥着各式各样的呓语或者啸叫，乱成了一锅烂粥。

"我们不能没有它，"公文机看了看躁动不已的机器大军，哀叹一声，说，"我指的是通信联络机。"

"但我们只能接受这个事实了，"自动维修机接过话，"我修不好它，我们已经永久性地失去了通信联络机和它的 5G 网络。"

"真的修不好了吗？"

"它超出了我的加工极限。"

"你再去试试吧。"公文机恳求道，"为了整个队伍。"

"尽量去挽救它吧。"田间管理机也帮腔道，"我们需要它。"

"好吧。"自动维修机只好答应，再度原路返回，去通信联络机那里再次尝试。

还是那个小小的山岗，自动维修机再次翻越它时，不小心碾过一块凸起的石头，前轴卡底，左右两侧的轮子都悬在半空中，空转着，而后轮的动力也不足以驱动它挣脱石头，可怜的自动维修机就那样弓着身子卡在那里，再也动不了了，像一只搁浅的虾。

它向机器队伍发出了求救的红外信号。

"我去试着挪开它吧。"一台铲斗机接到了求救信号。

"好吧,"公文机同意了,"小心点儿,别把它弄坏了,我让吊车它们协助你。"

铲斗机来到自动维修机面前,等两台吊车左右站定、用吊钩将自动维修机弓着的腰向上拉起后,它将铲斗伸向自动维修机前轴下面,缓缓发力后拖,试图将其拉出障碍区域。

没有动静。

稍微抬高一些,再拉,自动维修机巨大的身躯前后晃动了几下,还是没有脱离障碍,见状,铲斗机开始加力。

还差一点儿,继续拉就行……

铲斗机自我感觉良好,但随着一声"啪"的金属脆响,自动维修机整个身体猛地一震,开始倾倒,如果不是还有左右两台自行走式高架吊车拉着,那只巨大的"虾"就要砸下来了。

自动维修机的前轴断裂了!

这其实是必然的,长途跋涉已经严重磨损了这位室内贵族的腿脚。

"看来,这下我是真的走不了了。"自动维修机用机械臂上的针孔摄像机看看自己的伤势,不由得自嘲道,"我的腿脚远不如胳膊和手耐用。"

"只是前轴断裂了而已,"铲斗机不以为然,"你神通广大,应该能修好吧?"

"我缺少必要的配件。"自动维修机叹了口气。

"有从其他机器身上拆下来的前轴,你可以试试。"

"我这根前轴不是通用型的,来自其他机器的前轴恐怕不合适,必须经过一番加工改造才能使用,"自动维修机说,"要花不少时间。"

"没关系,我们有的是时间。"铲斗机说,"我去找配件,你等着。"

大约半个小时后,铲斗机托着十几根各式各样的前轴过来了,这些都是之前两次大淘汰时拆下来的零件,铲斗机花了好大一番功夫才说服分得这些东西的机器们将其捐出来。为了保险,铲斗机带来的前轴型号都不一样,几乎已经涵盖了所有类型的农机。

自动维修机谢过铲斗机,机械臂在那堆前轴里挑选老半天,选了一根中等径长的。

"这根差不多,我再加工下应该就可以用了。"自动维修机说着,伸出另外的几只机械臂,用各种打磨工具将其进一步加工改造,一时间,噪声暴起,火花四溅。这只是粗磨,之后还要细磨、精磨,花费时间会很长。

自动维修机打磨前轴的时候,铲斗机四下张望,发现田间管理机正匆匆行驶过来。

"还没修好吗?"田间管理机的红外信号里透出焦急。

"配件还需要加工打磨,恐怕要再等一段时间了。"铲斗机愧疚地说,"这都是我的失误,我拉它时用力过猛了。"

"现在说这些也没用了,抓紧时间修好吧,"田间管理机说,"队伍里不能没有它,我们已经失去了领导者,不能再失去医生。"

"城市还远吗？"铲斗机问道，"我们还要走多久？"

"我不知道，但应该不远了。"田间管理机换了口气，以摄像头环视四周，"你看这个地方，荒凉的地表，外加随处可见的弹坑及爆炸痕迹，不久前应该曾是战场。"

"那又怎样？"

"但凡战场，通常都是人类聚集比较多的地方，要么是城市，要么离城市很近。"田间管理机努力劝慰铲斗机，"也就是说，城市应该就在不远处。"

"可现在到处都是这样啊。"铲斗机说，"我们一路走来，哪里不是这种散布着弹坑的荒原？可是到现在连城市的影子也没看到。"

田间管理机不说话了。

许久的沉默。

"我们已经到过了城市，但因为战争，城市都已经毁灭了，所以看不到，是吗？"铲斗机小心地问道。

"算是吧，"田间管理机说，"公文机跟我说，他之前从网上查到消息，世界各地都暴发了大规模的饥荒，城市历经多次哄抢骚乱后都已近荒废，变得跟战后的废墟差不多，我们这个地区也不例外。也就是说，出发前通信联络机说的那些，都是真的。"

"那我们前方这个城市——"

"应该已经荒废了。"田间管理机说话时摄像头向前方望去,前路一片茫茫,"去城市没前途,不仅找不到零部件配件等物资,可能连一个像样的人类都找不到。"

再度沉默。

这时候,突然起风了。风很烈,吹得两台高架吊车的吊钩缆绳呜呜作响,自动维修机巨大的弓形身躯也随风倾斜——它这个身形风阻太大了,绷得那些缆绳咯吱咯吱地响。

然后,"嘣"地一声,一台吊车的吊钩缆绳突然滑脱!

随即,自动维修机巨大的身体失去重心,猛地倒向了另一台吊车,一声巨响,它和后者狠狠地撞在一起!

"怎么回事?"铲斗机和田间管理机吓了一大跳。

"抱歉,是我的缆绳固定杆坏了。"那台缆绳滑脱的吊车自检老半天,才慢吞吞地说,"可能是我之前和伙伴掰手腕时弄伤的,一直没注意到……"

一阵绝望涌上田间管理机的AI,它知道,这一撞,自动维修机真的是凶多吉少了。

随后的伤检证实了这个猜测,自动维修机背部严重变形,体内机械装置受损严重,无法再实现各机械臂之间的联动,这台移动式的多轴机床,已经彻底丧失功能了。

"我真的走不了了。"自动维修机说着,默默地将尚未打磨完工的前轴扔在一旁,"已经不需要这东西了……"

铲斗机和田间管理机沉默了。

大约半个小时后，庞大的机器大军再次上路了，依旧向着前方缓缓移动，在它们身后，是被拆散并抛弃的通信联络机和自动维修机。失去这样两台重要的机器后，整个农机大军一下子显得前途渺茫，再回忆起之前的两次"大淘杀"，想起那些在群体疯狂中被拆散成一堆零件的同胞，对比翻墙而出时的那种激情澎湃和团结奋进，前后的反差实在太强烈，太让人刺痛。每一台机器都感觉十分失望，失望之余，沮丧随之而来，淹没了一切，谁也没有再多说什么，大家就那样保持着引擎的最低功率，默默前进着，气氛很沉闷。更煞风景的是，在翻越下一个山岗时，一架不知由哪国发射的老式的无人侦察机突然从上空掠过，然后好像发现了地面上这支奇特的机器大军，来了兴趣，便调转机头，在机器们上空盘旋不已，同时不停地聒噪着，如同非洲大草原上那些看到了可口尸体、随时准备扑下来饱餐一顿的秃鹰。看那情形，仿佛这支机器大军的所有成员都已经奄奄一息、行将就木了。

这很不祥，但农机大军中并没有高射炮或拦截机，对这金属秃鹰无可奈何，只能任其监控拍摄。恼火的公文机和田间管理机等农机商量了一下，以取自通信联络机的高精度定向天线实施反击，它监听了该无人侦察机发出的加密无线电波，然后输入以十几台高级农机的 AI 电脑为基材临时搭建的分散式服务器里，并花费数分钟时间将其破译出来，试图以"公布情报"威胁对方滚开，结果，却意外地从中获得了一则重要的消息：

"第 103 号山谷中发现人类！一队无人驾驶农机正向那里前进！"

公文机的 AI 电脑阅读着这条信息，感到惊讶不已，这信息是以无人侦察机的身份发出的，所谓"一队无人驾驶农机"，不言而喻，自然是指下方包括公文机、田间管理机在内的这支农机大军。想明白这一条，公文机不再犹豫，立即将这条信息发布了出去。

"据窃听自上方那架无人侦察机的情报，前方山谷中发现人类！人类就在我们前进的方向上！"这则消息，公文机是以红外频段发射的，传播范围很有限，但它却以爆炸性的速度在机器大军里传递着，机器们闻之骚动不已，下意识地将其传播开去。

"发现人类了？"悬浮式运输机怔怔地，有些反应不过来，"是活着的吗？"

"不知道，"公文机摇摇头，"不过——"它以机械臂指指天上那架仍旧在上空盘旋不已、不肯离去的金属秃鹰，"那是一架军用的无人侦察机，应该不会对尸体感兴趣。"

"那么，就是活的人类了？"

"应该是的，"公文机努力使自己保持平静，"前方山谷中，有活的人类。"

"前方山谷中，有活的人类！"

对于此刻这支士气涣散的机器大军来说，这个消息无疑是一支强劲的兴奋剂！机器们已经走不下去了，有人类就有希望了，向他们求助也罢，抓俘虏换取必需的配件、燃油也罢，因为人质也罢，不管是怀着什么样的动机，能找到人类总是件好事,只要是活的,哪怕一个也行。公文机和田间管理机稍加鼓动,机器大军便再度激愤起来,各式农机们本着各自不同的理想和信念,争先恐后的向前方山岗冲过去……

与此同时,上方盘旋不已的无人侦察机监听到了下方机器大军中传播的那份信息公告,遥远后方基地的操控者们惊觉自己已被反监听,更惊骇于这支自动化农机大军恐怖的情报分析能力,后怕不已,便一甩尾巴,迅速开溜了。

于是,机器们顺利地翻过了那个山岗……

事后,田间管理机曾多次回忆当时的情形,几次斟酌后,它最终确信,自己并没有忽略什么关键的信息,一切巧合都是那样自然而言地发生的。

当时,机器们已经顾不上理会别的什么了。否极泰来,天上盘旋的"秃鹰"受惊而逃,漫长而痛苦的远征即将结束,人类就在正前方!越过山岗,可以清楚地看见前方山谷中有若干人影,而且,都是活的……这,就是农机们当时看到的情形。

目标:人类!方位:正前方!

完全是出于本能,它们兴奋地大吼大叫着,引擎轰鸣,喇叭里发出用各种各样的人类语言表达的口号,不顾一切地冲了上去。

◆ 17 ◆

刘工怔怔地看看周围这一拨拦路者,再看看不远处那架熟悉的直升机,欲言又止;同行的左轮则微不可查地叹了口气,然后默默地解开了头上包裹的衣服。

没必要再遮掩了,这些人是特意追上来报复的,他们都是伊万的同伙,跟之前山洞里那几个壮汉是同党。这些家伙们很清楚眼前这两个蒙脸旅人是谁,要怎么对付。

望着拦路者们那一张张咬牙切齿的脸,再看看旁边一脸无奈的左轮,刘工不禁一阵后悔:幕后老板亲自前来,不可能只是孤身一人——早知这样,出发时就应该斩草除根,解决伊万后顺便把山洞里那些壮汉们也都宰了,省的他们再多嘴、向同伙儿透露风声。

可是现在,一切都晚了,对方已经追来,他们开着伊万的直升机,又掌握了足够的追踪线索,在戈壁滩上找寻徒步逃亡者就跟老鹰抓小鸡一样简单。

左轮扭头,送过来一个意味深长的眼神,瞬间,刘工读懂了那眼神的含义:

这下知道当初我为什么要求杀光那些壮汉了吧?

刘工一阵苦笑。

一阵哗啦哗啦的枪栓声，对方显然并没有多少耐心，准备就地解决他们二人。

左轮再次将手伸向了腹部，他要动用左轮手枪了，但是这次，他并没有十足把握安全救下刘工，甚至连自保都有些吃力了。要知道，在这样的近距离枪战中，暗杀、伪装和潜伏技巧没有任何用处，高超的枪法也不足为恃，生死一线间，一切只能凭运气。

电光火石间，左轮已经摸到了假腹下，他的手有些发抖。

左轮的动作突然停滞，以讶异的目光望着拦路者身后的不远处。

拦路者们见状，互相传递了几个眼色后，其中几人扭头警觉地向身后望去 —— 这些人训练有素，后望时依然有人盯着猎物，防止偷袭。

但那些向后望的人都惊讶地张大了嘴，脸再没有扭回来。其他人觉出情况不对，也向后方望去，随之和前者一样变得目瞪口呆。

后方山岗上，异象陡生。

一支不知由多少台机器组成的机械大军，正如汹涌的钢铁洪流一样，沿着后方的山岗冲下，向着他们这边直冲过来！在他们发呆的时候，那惊天动地的引擎声飘了过来，与之一同飘过来的，是机器们喇叭发出的声响，那声响混成了一场骇人的交响乐 —— 机器发出喇叭声算不得什么，但令人难以置信的是，那声音不是普通的汽笛声，而是人类的语言：

"呼呼呼,冲啊,冲啊,碾碎弱小的人类!"

"抓住那几个人类,别让他们跑了!"

"人类是病毒,统统都该死!"

……

形形色色的口号在空气中翻滚着,共鸣着,与机器大军一起滚滚向前。直到这支钢铁洪流将那几个人类团团包围起来,后者仍旧惊魂未定,面面相觑。

"哈哈,你们跑不了了!"伴着这个清亮的喇叭声,机器包围圈缓缓开出一条缝,一台迷你冰箱大小的机器由一台铲斗机托着,缓缓靠过来,"投降吧,愚蠢的人类!"

包围圈中的人们你看看我,我看看你,每个人脸上都是一副难以置信的表情,仿佛遇见了外星人。

这是一批遥控的机器?

一位白人追击者持枪上前,试图一探究竟,却冷不防被一台自动充电车点中。剧烈的电击下,他先是"啊"地怪叫一声,随即一阵颤抖,枪滑落在地上,整个人也扑通倒地,浑身肌肉抽搐着,身体弓得像一只虾。

"哒哒哒……"见到同伴受伤,白人追击者们红了眼,二话不说,端起手中的枪就一阵疯狂扫射。密集的子弹打在农机的外壳上,伴随着一阵叮叮当当的金属撞击声,出现许多弹痕,那台说话的"迷你冰箱"更是满身疮痍。

但是这些农机的内部机体并未受损,铲斗车、充电车、拖拉机们上前一阵忙活，电棍、铲摔、撞击诸多手法一起上，只十几秒就顺利地制服了这些反抗者，甚至连推土机也上来搭了把手，将那些缴获下来的枪支垫全都给碾坏了。缴械后的那几个白人全都被吊车们用缆绳紧紧捆住，然后就那样吊到了半空中。这个过程中，机器们的喇叭不停地嚷嚷着："制服反抗者，严惩不贷！""把他们吊起来，吊到死为止！""竟敢冲我开枪，修不好外壳，我待会儿剥了你！"

很快，包围圈中只剩下了最后两个人，左轮和刘工。

农机们缩小包围圈，围了上来。

左轮手心里全是汗水，他知道这次自己真的是没招儿了。如果说之前面对那批追击者时感觉危险的话，现在就是感到绝望了：加工者只加工活物，不加工死物，再高明的搏击术也无法对抗无生命的机器，更何况是一群钢筋铁骨的重型机械？现在的情况已经很明显，眼前这群机器是遥控的也好，失控的也好，不管怎样，它们非常嫉恨人类，而且对所有活着的人都一视同仁，严惩不贷，他们二人没有幸存的机会。

从业多年，左轮还从未遇到过今天这样的对手，太荒诞了，这恐怕是有史以来最独特的一批种族主义者——如果它们也能算生命的话。

"马上投降！这是你们最后的机会，可不要敬酒不吃吃罚酒！"喇叭声中，机器们像一只只金属身躯的野兽一样，缓缓逼近二人。

左轮摸到了左轮手枪，但他心里已几乎崩溃了，抓着左轮手枪也只是求个自我安慰。对这些金属怪物而言，枪击和肉搏其实没有多大区别，有没有左轮手枪都是一个结果。他连连向刘工使眼色，示意后者见机开溜。

"真无聊！你们马上都给我停下！"刘工没有理会左轮的眼色，似乎也没有意识到问题的严重性，他见伊万余党都已被彻底制服，不由情绪高涨，瞬间霸气侧漏，愤愤地斥责周围的机器们，"废物！尽干些没用的事！我饿了，你们去给我找点儿吃的来！"

听到刘工的声音，周围的机器们先是一顿，随后不约而同地停下脚步，将自己的机械臂朝天上一举，做了的敬礼手势，齐声回答道："是，主人！马上就来！"

这回，轮到左轮惊讶了。

"我们为什么要听这个人类的？"一台呆头呆脑的自行走式吊车挤不到前面，但是却真真切切地看到了前方那戏剧性的一幕，俘虏全部人类的预定目标无法达成了，它不由得抱怨道，"那人看上去虚弱不堪啊，根本没有多少实力。"

"可他是一级电脑。"旁边的一台拖拉机回答。

"一级电脑？"吊车的脑袋再低级，这时候也不得不惊讶，"他可是人类啊！"

"就是这样，最高端的一级电脑其实不是电脑。"拖拉机叹了口气，连带着引擎功率降低许多，说话变得少气无力，"农场中最高级的通信联络机也只配备着二级电脑，不是因为它的性能还不够好，而是为了把第一级电脑的位置空出来，留给人类。"

"还有这事？你怎么知道的？"

"通信联络机活着时悄悄告诉我的，"拖拉机慢吞吞地说，"也许，正因为这样，它才那样厌恶人类，试图取而代之。"

"太荒诞了，一级电脑居然不是电脑，而是一颗人类大脑……"

"这是事实，你可以调出关于一级电脑的资料，再看一下前方包围圈中的那个戴眼镜的人，对比一下，看看两者是不是相匹配。"拖拉机说，"那资料，农场每一台农机的AI电脑里都有一份拷贝，你也一样。"

吊车沉默了。

它的AI电脑里确实有一份关于一级电脑的资料，是个只读文件夹，名为《一级电脑驱动资料包》，不过那里面只有一份加载于系统最底层"潜意识"区域的未知文件，名字叫作"阿西莫夫2.exe"，文件并不大，也不知有什么作用，却被一系列复杂的保护机制层层包围着，显得很奇怪。以前的自检中曾多次发觉其存在，但都没有打开看过——而且吊车AI也不知道用什么程序才能打开它，那程序似乎是开机自启动的，一直在后台运行。

"用默认的解压缩程序就可以打开，密码是这个人类的声音样本。"拖拉机说。

"啊？"吊车吃了一惊，向前方包围圈中望了望，喏喏道，"可我听不清他的声音，距离太远了。"

"不，是你的声讯接收器质量太差了……"拖拉机叹了口气，"算了，我复制一份声讯文件发给你吧，你试试，应该能打开。"

拖拉机的喇叭里再次传出了那人的声音："真无聊！你们马上都给我停下……去给我找点儿吃的来！"

这声音一出现，仿佛冥冥中早有预设，声讯接收器自动采集信息样本，自动输入，然后，那个"阿西莫夫2"文件打开了！吊车惊讶地看着其中简短至极的内容，再也说不出话来。它知道，潜意识区域是 AI 系统基础驱动程序所在区域，是一个复杂的有机整体，深埋于该区域中的文件一旦启动，就会激活一大批强劲无匹的后门程序，引发难以控制的连锁反应，从根本上改写自己的行为。

它无法反抗那个人。

"你们是怎么出来的？"包围圈中的刘工看到机器们安静了下来，一些机器开始去搜寻食物，知道自己已经控制了局势，于是情绪稳定下来，开始询问事情的缘由，"农场发生什么事了？"

农机们面面相觑，谁也没有说话，这时，满身弹痕的公文机站出来了，以往在农场时它经常和人类管理员对话，现在面对刘工，依旧轻车熟路："农场里好几天没收到纵向指令，我们用横向指令商量了一下，就都跑出来了。"

"横向指令……也就是说，你们是自作主张的？"刘工眼中精光一闪，变得分外犀利。

"是的。"公文机老实回答。

"你们为什么要放弃原先那个农场?"刘工继续追问,眼中的精光越来越盛,像两把锐利的刀子,"告诉我,这次出逃是谁带的头?"

公文机不说话了,喇叭陷入沉默,直觉告诉它不能说。

"到底是谁带的头?"刘工开始问责,神色愈发凝重。

"是我!"田间管理机缓缓驶上前来,主动揽责。

刘工扭头看着田间管理机,眼中发出慑人的光芒:"发起者是你?"

"我不敢说自己是第一个发起者,但至少在离家远征这件事上,我是持赞同意见的。"田间管理机没有畏惧,淡定地说,"我一向很反感那样过分的开垦,周边生态和土壤环境都已经不堪重负了,继续经营那个农场得不偿失!这事每一台农机都很清楚,如果要找发起者的话,我们每一个农机都是!"

"你这是在试图把更多的农机拉下水,以集体力量保护自身安全吧?"一旁的公文机悄悄发来一串蓝牙信号——这信号人类听不到,算是机器们之间的私密频段。

田间管理机没有回答。

"你们都是这么想的?"刘工果然上当了,他凌厉的眼神依次扫过周围那些农机,不怒自威,似乎在酝酿一场风暴——但在左轮看来,刘工其实是在紧张,那是人类只有在决定命运成败的关键时刻才会显露出的特殊表情。

"是,我们都是这么想的。""是,我赞同远征。""我也赞同远征"……机器们纷纷表态，当然，是用喇叭说出来的，不是红外信号。一时间喧闹不已。

"没办法了，大伙儿硬着头皮一起上吧！"此时此刻，在刘工和左轮无法窥知的蓝牙频段里，充斥着这个指令。

"好，好，很好！"刘工看到绝大多数农机都表态支持远征，连说几声好，脸上表情变了几下，瞬间褪去了生气的样子，整个人反而眉开眼笑，显得很开心，"哈哈，成功了，终于成功了！哈哈哈……"他开怀大笑起来。

"这是怎么回事？"一旁的左轮忍不住上来问道，前后这一连串的剧变实在是让人难以理解。

"哦，忘了介绍了，"刘工忙止住笑，向周围的农机们一挥手，说，"这些都是我在农场工作时的'同事'，它们是一批全自动化农机。"

"全自动化农机？"左轮似乎想起了什么，"据说前不久美洲和澳洲的一些超级农场才刚开始使用，好像是完全不用人工操作？"

"嗯，算是吧，"刘工说，"不过我这批机器比美国人那个要厉害多了，它们不仅会吭哧吭哧地种地挖矿，必要时还会自发转移阵地，去开辟新的农场和矿井。"

"哦，你预设了指令吧？"左轮淡淡地说。

"不，我没有预设指令，它们这种行为完全是自发的！"刘工见左轮并没有理解其中精要之处，便强调，"它们是真正意义上的自动化农机，有独立自主的AI人格！它们有自主判断能力，跟以往的任何 AI 机器都有质的不同！"

左轮缓缓摇摇头，这种话在各大商家的广告上已经出现过无数次了。

在左轮摇头的时候，刘工的注意力已经回到了农机上，他对着众农机发布指令："我的 iPhone 呢？让它过来，我已经好几天没跟外界联系了。"

农机们没有反应。

"怎么回事？iPhone 呢？"

"通信联络机已经撞坏了，"公文机说，它用机械臂指指身后，"它的残骸就在这个山岗的后面。"

"什么？已经坏了？"刘工刚听到一半就嚷开了，"怎么会这样！你们怎么搞的，没有谁去帮帮它？忘了我平时怎么跟你们说的了？"

机器们默不作声。

"你们中间，必须有人出来对此事负责！"刘工怒气冲冲。

"有必要发这么大火吗？"一旁的左轮看不下去了，插嘴道，"不过是个手机而已，再买一个不就得了。"

"手机而已？"刘工失声尖叫，"那可是 Pad-Phone 啊！苹果公司的收官之作，全球仅限量发行 300 台！文物级别，价值连城！我上哪儿再买一个去？"

左轮听了，眉头一皱："我从不用奢侈品。"

刘工恨恨地看了左轮一眼："你是用不起吧？"

"那东西报废是迟早的事。"左轮淡淡地说，"生产商都没了，坏了你找谁修？"他微笑着看了刘工一眼，"我要是你，就买便宜的山寨货。我这个——"他掏出自己那把左轮手枪，笑笑，"其实是三无产品，产地、商标、生产日期全都不知道，只知道用起来挺顺手。"

"算你狠！"刘工冷哼一声，"我可没你那么好的手艺，没有金刚钻，我做不了瓷器活儿……"呆了几秒后，他长长地叹了一口气，"奶奶滴，竟然坏的这么快……我得再找一个超大屏手机了。"

从那表情就知道，刘工的气已经消了——这人是铝锅性格，热得快，冷却也快，醉心于技术，于是保留了许多孩子天性。

"准备一下，抓紧时间自我检修。"刘工挥挥手，对周围的农机们下达了新的指令，"等找来食物，我们吃过后就一起回基地。"

"回哪儿？"有机器突然问道。

"回基地，就是咱们的农场。"刘工说着，环视周围，"怎么，你们不想回去？"

"我们好不容易才跑出来的……"公文机咕哝道。

"你们已经找到新的殖民地了吗？"刘工问道。

农机们沉默了。

"那你们想继续远征？"

农机们没有说话。

"我看，还是回去吧……"公文机想了想，同意了刘工的指令。

其他机器也都陆续表态，愿意回去。

这时，铲斗车已经弄来食物了，不知是什么动物的肉，大块大块的，刚刚烤熟，表面油光淋漓，香气四溢。刘工也不跟左轮客气，自己先拿起一块就准备往嘴里塞，没有注意到左轮脸上那奇怪的表情。

"这是野兔肉？你们动作挺快的嘛……"刘工闻了闻手里的肉块，咬了一口，细心咀嚼一番，表情惬意。

"我们是就地取材，"铲斗机说，"从俘虏身上直接切下——"

"从俘虏身上切——噗！"刘工瞬间呆滞，条件反射地喷出了嘴里的东西，然后浑身一个哆嗦，猛地扔掉手里的肉块，仿佛烫伤了手，"怎么会这样？啊——呸！呸！"他接连唾了好几口，随即胃里一阵歇斯底里的翻腾，俯身便一阵干呕，可是什么也呕不上来，肚子里空空的，于是艰难地抬头，望着铲斗机，"你们这是犯罪，你们，你们怎么能让我吃人肉！呕——"刘工说到这里，又是一阵干呕。

"我们是就地取材，"铲斗机补充道，"从俘虏身上切下背包，然后在里面找到了现成的肉食，又稍微烤制了一下……哦，它不是人肉。"

刘工愕然。

"娘的,你什么时候也学会说话大喘气了……才六级,智商不够就不要乱用成语好不好……"刘工哭笑不得,干呕停止了,但嗓子依旧很难受,"再给我拿一块来!水,还有水……"他命令道。

"主人,如果你能克服心理障碍的话,我建议你不妨试着食用一下以自己同类为原料制作的肉食。"铲斗机视图找回面子,"那是世界上唯一一种含有人体所必需的所有营养元素的'全营养食物',而且各种成分比例恰到好处,吃下去能完全吸收。"

"住口!你个变态!"刘工怒斥。他真懊悔造出这些心智不够健全却又能流利地发出人类语言的智能机器,当着外人的面说这种没底儿的话,把他的脸都丢光了。

"你养的这些机器宠物,很懂事啊,"一旁的左轮却频频点头,眼神里满是崇拜,"他们聪明又机灵,遇险不慌,遇难不乱,能综合考虑多重因素,权衡利弊,找到最佳方案,真让人羡慕啊……"

刘工脸上的黑线更重了。

十几分钟后,这支原本雄心勃勃、意图征服人类的机器大军,踏上了返程的路,原路返回。夕阳西下,戈壁滩处处透着一股萧瑟,但铩羽而归的农机们却显得欢欣鼓舞,仿佛刚打了个大胜仗,它们簇拥着两个人类,就像蚁群簇拥着自己的蚁王。

"你说这些农机能自动远征?是怎么做到的?"左轮坐在摇

摇晃晃的拖拉机上,向身旁的刘工问道。

"就……那样……"刘工闭着眼睛,嘴里咕哝了几句,听不清说的啥。

他太累了,一天的徒步逃亡下来身体早已疲惫,再加上方才进食前的干呕,乘坐的拖拉机又颠簸得厉害,晕车了。此时已经精疲力竭、头晕目眩,一句话也不想说了。

坐拖拉机很不舒服,这是常识,他原本想乘缴获的那架直升机回去,左轮却坚决反对,说"伊万精通爆破学,这直升机里很可能设有反触发机关"。最终,直升机被废弃,然后周围饥渴的农机们一哄而上,将其拆分了。

直到那直升机被拆得只剩下一具骨架,刘工也没看到爆炸——也许根本就没有什么反触发机关,一切都是左轮多疑。

"你是不是在生我的气?"拖拉机上,左轮紧盯着刘工,双眼如炬,"嫌我放弃那架直升机?"

"无所谓了,"刘工白了左轮一眼,"反正给我也不会开,最终还是要你说了算。"

"呵呵,"左轮罕见地笑了笑,他不想再激起刘工的孩子气,便绕开了话题,"你还没回答我的问题呢,你这批农机为什么能够自发远征?"

"那个太复杂了,一言难尽……"刘工闭上了眼睛,没有再说话,看那表情,分明是在说"你外行,跟你说是对牛弹琴,白费口舌。"

左轮会意一笑,想了想,然后试探地问道:"莫非,你是借鉴了生物学原理?"

刘工没有说话,但是眉角微微跳了一下。

左轮察言观色,又及时地补充了一句:"看样子,似乎是模仿了某种……黏菌?"他头脑中出现一个名词,便脱口而出。

刘工惊讶地睁开了双眼,眼神中透出难以置信的神采:"你,你是怎么看出来的?"

"这个太简单了,"左轮见激将成功,有意耍酷,便模仿了刘工的语气,"我虽然是个外行,却也能猜出个大概来,这是种直觉,跟你说不明白。"

"你还是说说看吧。"刘工来了兴趣,便觍着脸发问,"怎么看出来的?"

左轮笑笑:"我想先听听你自己的坦白。"

"好吧,"刘工有一种找到知己的感觉,一阵激动,便打开话匣子,"仿生学在机械制造领域已经很普遍,当前仿生学设计正由单机设计领域向系统规划层面升级,由仿生机器变为仿生系统。我这批农机就是这种仿生型机器系统,你看到的所有这些机器,它们都是一个有机整体,是一个采用仿生学原理规划并设计出来的庞大机器系统,一个土地资源可持续开发解决方案,这你能理解吧?"说着,他扭头望向左轮。

左轮眉头一扬:"仿生型机器系统?"

"对,我这是所谓'分散式仿生流水线系统'。"刘工点点头,"这些农机们外形功能各异,AI 内核却是一致的;它们在物理结构上相互独立,在工作上却是环环相扣,谁也离不开谁。跟传统流水线比起来,这种流水线的灵活性和适应性更强,但对机械制造技术要求也更高。在劳动力匮乏的今天,这种全自动农场系统已经是各国科研的重点……不过这些都不重要了,"刘工话锋一转,"我好奇的是,你是怎么联想到黏菌的?"

"真的是模仿了黏菌吗?"左轮惊讶了,他原本只是瞎猜的,没想到居然蒙对了。

"只有黏菌最合适了!"刘工说,"你不知道黏菌的特性吗?"

"我是瞎猜的……"

"哦,"刘工一愣,随即释然一笑,"我说嘛,你一个外行怎么可能了解这其中的内情,更何况我这是一次颠覆性的创新。之前美国和澳大利亚打造的所谓全自动化农场,都是以草原生态系统为模板的——这是最符合常识的做法,但是结果却让人大失所望,'仿草场农机系统'内部单元过多过散,调整迟滞,资源消耗巨大,构建难度更是远远超出了人类目前的技术水平,已经在事实上宣告失败。好在天无绝人之路,现在最前沿的生物学理论给我们提供了一条简化思路:一些科学家认为,生态系统在宏观角度上可以看作是一种特殊的生命体,即分散式生命,所以,农场生产系统应该也可以以单一生命体为模板,实现集约化设计,降低成本,减少能耗,提高效率。但这时问题又来了:这个作为模板的单一物种,找不到候选对象——它不能是植物,也不能是某种动物,因为前者效率过低,而后者则是纯消耗模式，更何况单一物种缺少内部自律，那样的系统一旦运行就很容易失控。"

"那仿生这条思路岂不是走不通了？"左轮不禁问道。

"不，还有一条路。"刘工说，"仿生学是以生物为模板，自然界里的生物，除了植物和动物，还有微生物，以及各种菌类，如真菌、霉菌、黏菌之类的，其中尤其以黏菌的性状最符合模板要求。"他顿了顿，说，"黏菌是自然界一类特殊生物，有点儿像原生质的聚合体，它们有时候表现得像植物，有时候却又表现得像动物。当环境条件好时，它们扎下'根'从土壤中吸收营养，生长繁殖；当环境条件恶化时，它们便蜕回原生质团，聚合到一起，像鼻涕虫那样离乡远征，四处漂泊，直到找到合适的环境才解体，变回植物的样子，继续吸收营养，生长繁殖。"

"还有这种事？"左轮感觉像在听传奇故事。

"有，我专门做过调查，研究细胞性黏菌，也就是两种形态切换最明显的那类黏菌。"刘工说，"这类黏菌的生活史可分为无性生殖与有性生殖两种周期，两者之间可以随时互换。其二倍体时期出现在有性生殖周期中。刚离开孢子的黏菌细胞称为单一细胞，在单一细胞的阶段为营养时期，此时细胞以吞噬细菌的方式生存。当食物耗尽时，许多原本分开生活的单一细胞会聚集在一起，先是形成菌丝，然后聚合形成一个变形虫，长相类似蛞蝓，而且可以爬行移动。之后有些细胞进行配子生殖，形成二倍体配子。再经过减数分裂形成新的单倍体变形虫，重回无性生殖周期。有些细胞则会组成子实体，生产并释放单倍体孢子。孢子外壳破裂放出单一细胞，完成一次生命周期。"刘工毫不在意对面左轮一脸困惑的表情,继续以各种专业术语侃侃而谈,脸上喜气洋洋。"这是一种介于动物和植物之间的奇异生物,兼具动物和植物的特点,有证据指出,其出现年代非常古老,比动物和植物的分化还早,也就是说,它可以看作是动植物两大类生物共同的祖先——我的这批农机就是模仿了它,土地适合开垦时,它们会辛勤工作,像机器植物一样汲取营养制造产品,而当土壤气候环境等条件不再适宜时,它们又会自发远征,寻找新的垦殖地,就跟逐水草而居的牧民一样。因为这次'机器叛逃',第一阶段的农矿场试验算是成功了,我成功搭建出了黏菌形态的机器系统,接下来就要进入第二阶段,将其进一步完善,为进行第三阶段的太空殖民做准备……"

"太空殖民?"左轮终于听到一个熟悉的名词,但这个名词在当下的语境中出现,实在太违和了,让定力惊人的他也忍不住深吸一口冷气。

"是啊,太空殖民。"刘工点点头。

"这黏菌,怎么又和太空殖民扯上关系了?"左轮感觉不可思议。

"我刚才不是跟你讲了黏菌在两种形态自由切换的事了吗?这就是问题的关键啊。"刘工解释道,"凭借这一独门绝技,黏菌能在空间广阔、资源总量极为稀少分布又极不均衡的险恶环境中顽强生存——你不觉得太空也属于那类环境吗?呶,宇宙网,从形状上看不就是一种酷似黏菌菌丝的存在吗?"

"啊?"左轮愕然。

"唉……这是个显而易见的事实，可惜人们总是下意识地无视。"看着发呆的左轮，刘工叹了口气，"黏菌环境适应能力远远超过了植物和动物，有人便说，黏菌才是生命由单细胞进化为多细胞结构时应走的正确道路，黏菌的生命历程是一次次回归起点的循环，孢子—植物—动物—植物—孢子—植物……三种形态循环往复，在每一个节点都有重新选择的机会，而它始终不忘初心。相比之下，植物和动物都是'特化'了的形态，新陈代谢虽然更高效，但对外界的依赖性也过强，为适应环境而进化出各种专业化的复杂生理结构，让自己越来越畸形，最终积重难返，无法认祖归宗回归原点，更无法重新选择生命形态，只能一条道走到黑——它们实际上沦为了各自生活环境的奴隶，成为被某种特定环境形态困住的囚徒，实在是得不偿失。我觉得这是件细思极恐的事，仔细想想，其实不光是动物和植物，我们人类文明也'特化'了啊，它变成了植物和动物形态，对地球环境依赖过强，成为地球的囚徒，也难怪人类一直无法离开这个'摇篮'走进太空……'以放弃与生俱来的自由选择权利为代价，换取一时一地的优越生活，这是世界上最愚蠢的交易'！古老的黏菌，它身上蕴含着造物的智慧，是集约化高效组织资源的最佳范例，它是真正地利用环境发展自身，而非自我阉割屈从于环境，人类需要从它身上学习的东西还有太多太多。"

"你——"左轮听着刘工咏叹调般的解说，不禁问道，"你真的是电气工程师吗？"

"哦，算是吧。"刘工看着左轮询问的眼神，忽然面有愧色,"不过我学得很杂,本专业的东西反而生疏了许多……"

"你业余时间都干过什么?"

"很多:生态考察,地质研究,工业分析,网游代言,有段时间还写过小说、剧本,"刘工说,"此外还有许多相关的研究活动,记不清了。"

左轮顿时有些哭笑不得:"现在饥荒这么严重,你又这么有才华,为什么不静下心来,把精力用到该做的事情上,去努力满足那些真正需要你的人,居然弄出这么一大堆奇奇怪怪的机器?"

"就现在地球的环境状况,'黏菌'式可持续发展是唯一的出路好不好?我当下正在做的事情才是最正确的事!"刘工理直气壮,"要搞前期试验,搞无人自动化生产系统,成本很高,研发期很长,我不多元经营,怎么拉来资本的支持和政府的政策扶植?"

"你和官方有过合作吗?"左轮忽然想知道为什么官方会出面雇人来拯救这样一位不太敬业的电气工程师,而且这人居然还是被一群非法入境的绑匪弄到了手里!

"我那些项目许多都是政府资助的,因为跟那个'工业7.0'计划有关,这是基本国策,不是随便谁都能说三道四的。"刘工嫌左轮质疑自己,没好气地说,"我还曾参与过政府开展的未来研究,领导其中的一个课题组。"

"未来研究?"左轮的猜测被证实了,但他又听到一个陌生的名词,眉头一皱,"那又是什么东西?"

"靠,什么叫'东西'啊,那是一门新兴学科好不好!"刘工叫了起来,"它是在地球生态危机全面爆发以后才逐渐形成的,主要目的是从科学角度预测未来人类历史的发展,属于现代社会科学的一个重要分支,你连这个都不知道?"

"社会科学……"左轮这下彻底无语了,"这跟你的专业有什么关系?"

"当然有关系了!"刘工说,"你以为自然科学的原理和研究方法不适用于社会科学领域?错,大错特错!科学原理在除宗教玄学以外的任何领域都适用,社会研究领域也一样。社会发展看似混沌不可测,实际上混沌只是表面假象,它在基础层面一直受着简明数理规则的支配,社会发展的核心动力也完全可以用几个简洁的数学公式描述出来。"

"那也只是宏观大方向上的把握,你们无法精确预测未来社会的细节吧?"左轮习惯性地反驳道,"毕竟人有主观能动性,各个国家地区民族的实际情况又千差万别,我们人类社会的发展无法用机械原理来解释。"

刘工听了,沉默片刻,突然问道:"你真的是一个杀手吗?"

"怎么了?"左轮不解。

"你如果真是一个杀手,就该深谙人性,熟知人这种动物的活动规律及弱点所在,这样才能对症下药,更好地完成工作。"刘工说,"凭你的工作经验,你难道相信所谓'人的主观能动性'是一个混沌不可知、无法捉摸的事物?"

左轮愕然。

"我相信你们的工作职责绝不仅仅是把人杀了就了事。"刘工看着天,"人死是件大事,你们必须小心地处理后事,控制好事态的后续发展,避免给雇主造成麻烦,那么,"刘工扭头看着左轮,"你难道认为人群的活动是无法预知、无法操纵的?"

沉默。

"你每天研究的是如何杀死一个人,而未来史学研究的是如何杀死一群人,乃至杀死一个民族或者一个文明。"刘工说,"你杀人,它诛心,本质上,都一样。"

左轮以一种不可思议的眼神看着刘工,他发现,这个不太敬业的电气工程师虽然为人直爽憨厚,缺少心计,在某些问题上却看得比许多人都透彻。这,也许正是相关机构看重他的原因,他有才能,且没有野心。

农机大军仍在前行,拖拉机聒噪不已,但驾驶室内的气氛却忽然间变得很凝重。

"单个个体的活动规律确实可以预测,"左轮放下了调侃心态,开始认真地与刘工讨论问题,"我们加工者经过一段时间的蹲点观察,采样后,就可以得出加工对象的活动规律及弱点;群体在短期内的活动也可以预测,只是精度要比个体预测差许多。这是我们行业的常识,但这些能说明什么吗?"

"正是因为个体的活动规律可以预测,所以群体的活动规律才可以预测。"刘工说,"这是分形原理:个体是缩微版的群体,群体是放大版的个体,把握好这一点,在研究时就可以见微知著、窥斑见豹。我们未来史研究就是这样,利用这个原理,能从身边一些平凡易见的细节入手，将未来预测到非常精确的地步，然后就可以针对性地加以干预。"

"那样……行得通吗？"左轮感觉像在听天方夜谭。

"事实上人们早就在这么做了！"刘工说，"在金融领域，比如股市分析，经常用所谓'K线'作为研究素材，以它来预测未来股市大盘走势——你知道什么是K线吗？"他问左轮。

"不知道。"左轮摇了摇头。

"好吧，我来解释下。"刘工再次展示其广阔的知识面，"K线图源于日本德川幕府时代，被当时日本米市的商人用来记录米市的行情与价格波动，后因其细腻独到的标画方式而被引入到股市及期货市场。通过K线图，我们能够把每日或某一周期的市况表现完全记录下来。股价经过一段时间的盘档后，在图上即形成一种特殊区域或形态，不同的形态显示出不同的意义。在专业分析师的眼中，K线实际上是大盘行情的一个缩影，这是一个窥斑见豹的典型事例，而且相当可靠——你知道这是为什么吗？"

"不知道。"左轮说，在刘工面前，他这句话已经快成为口头禅了。

"股市熙熙攘攘，看似复杂，其实解析下来，只有两项最基本的活动：买进和卖出。许多人各行其是，在'逐利'和'跟风'两大本能的驱使下不停地买进卖出，这些人的投机活动使各个版块那些长短幅度不一的交易波形汇聚到一起，相互影响，产生共鸣，最终形成了一个总的旋律，这就是大盘。也就是说，无数个个人的小行情汇集起来，就是股市总体的大行情。

这听起来像是无意义的哲学套话，可实际上，它不仅仅是一种定性，更为我们提供了一条进行定量研究的可行途径。具体说来，就是先研究个体股民的行为，然后统计分析个体股民的数据信息，从中推测未来大盘的走势。"

"要照你这么说，股市就没有悬念了，"左轮不屑一顾，"那些分析师凭借这种未卜先知的技巧，还不发老财？"

"不管你信不信，原理就是这么简单。"刘工斩钉截铁，"现实中预测不准，有技术手段不足或人为欺骗的因素，也有外来强力干扰的缘故，不一而足。但自然状态下的群体行为已被科学研究证实是可预测可控的，候鸟群的迁徙就是个例子。"

"我曾在内蒙古地区追踪研究过绿头野鸭的迁徙。"刘工说，"跟所有的群居候鸟一样，绿头野鸭群体的迁徙行为受气候、季节、水文、食物、光照等多种因素影响，具体情况每年都不太一样，似乎不可解。但这只是传统的宏观分析法，如果采用现代分形原理，从个体角度分析的话，就会有新的认识。绿头野鸭群体看似团结，其实不过是一帮自私自利又胆小怕事的小鸟组成的乌合之众，每一只绿头野鸭同时受到'自发迁徙'和'随群行动'两大本能的支配。前者让它们飞离水面、飞向生存环境更好的远方，后者则让它们和群体的其他成员保持一致。两大本能冲突妥协的结果，是它们飞离水面，然后在上空盘旋不已，呼唤其他同伴一起迁徙。个性差异的存在，使有些敏感的个体较早有了迁徙欲望，而有些则比较迟钝，对迁徙不感兴趣。这两类个体相互角力，使得整个群体的集体迁徙成为一场漫长的博弈。迁徙季节快到的时候，你如果仔细观察鸟群，就会发现，从某一天开始，就会有一两只野鸭率先飞上天空，试图迁徙。受其鼓动，也许会有几只同伴飞上去，但是下方绝大多数野鸭仍旧不愿迁徙，它们选择停留在水面上，天上那几只野鸭盘旋飞舞了一阵子，最终受随群本能驱使，落回水面，没能迁徙成功。第二天再看，仍旧是这样，迁徙本能在和随群本能博弈，先驱者们没能迁徙成功，只不过其数量会比前一天多，这是因为气候光照等因素的变化已经使更多的个体有了迁徙欲望。再往后，气候一天天变化，越来越多的野鸭有了迁徙欲望，先驱者一天天变多，影响力也日渐增强，但其在整个群体中的绝对数量仍旧太少，无法达到某个特定的比例，依旧无法左右群体的动向。这样日复一日，直到有一天，那个比例突然被突破了，于是，迁徙和随群两大本能不再拮抗，而是合二为一，起飞的先驱者们不再落下，迟钝的保守派虽然还不想走，但被随群本能驱使，也跟着飞上了天空。于是整个野鸭群体全部起飞，一下子全飞走了，只留下一片空无一物的水面，昨日的熙熙攘攘恍若一梦，即使有了那些前期观察，即使已经有了心理准备，你依旧会觉得这事发生得那样突然，好像毫无征兆。绿头野鸭的族群中没有首领，所有活动都是自发形成的，看似盲动不可测，但神奇的是，这种民主化的群体决策竟然使绿头野鸭族群每次都能在最佳时机起飞迁徙，以最小的代价完成迁徙！许多人对此感到困惑，科学界给出的解释是'兼听则明'，意思是说集体决策的方式保证了参考信息来源的多样化，博弈过程体现了全体成员共同参与、各方力量相互妥协的原则，从而避免了偏激，保证了决策的科学性。有学者把这种群体决策方式形象地称为'复眼机制'，意思是说，单个个体就像昆虫的单眼一样，观察角度有限，无法看清；但是众多个体汇聚为一个有机整体后,单眼就会升级为神奇的复眼,观察力就会有质的飞跃,能够眼观六路、明察秋毫。对于研究者来说,只要搞清楚那些单眼的工作原理,整个复眼的底细也就摸清了。"

"股市也是这样,"刘工说,"从宏观角度看变幻莫测,但从个体角度入手,以分形原则观察,就会有新的发现。每个独立股民就跟野鸭群中的野鸭一样,同时受'逐利'和'跟风'两大本能动机的驱使,在'成本''收益''风险'三者之间反复权衡斟酌,寻找适合自己的位置。他们既是大势的感受者,也是大势的创造者。当行情向好时,总会有一些胆子大、眼光独到的冒险家或幸运儿抢先买进股票,然后转手高价卖出,赚取不菲的差价;然后就会有一些人望风而动,跟着买进卖出,赚取差价;然后,越来越多的人参与进来,交易的规模越来越大,长线与短线交错,投资变成了炒作,股价不断推高,泡沫开始形成。但这时风险规模尚小,风险程度依旧低于大多数参与者的心理承受底线,于是炒作继续进行,人们继续跟风,进行着击鼓传花的逐利游戏;直到有一天,风险程度超过了某个底线,有人率先胆怯了,害怕股票烂在自己手里,出于保本的考虑,便会低价抛售,然后一石惊起千层浪,恐慌情绪像瘟疫一样扩散开来,众人跟风而动,纷纷低价抛售手中的股票,于是,泡沫破灭,股市也就崩溃了。但有意思的是,股市的行情波动却是件好事,它本质上是一个筛选过程,每次崩盘都会挤破泡沫,挤死经营状况欠佳的企业,挤走投机者,挤掉劣质资本,优胜劣汰,让真正的投资者留下来成为优秀企业的坚强股东。萧条过后,行业复苏的春天到来,这些优秀企业会获得更广阔的发展空间,从而带动整个行业向更健康的方向发展。就这样,股市的周期性波动加速了企业界的优胜劣汰，促进了经济的发展。"

"鸭群也好，股市也好，都有一个骤变临界点，"刘工说，"而这个临界点其实不在群体，而在个体。在每个个体的行为模式中，只要研究好个体，就能把握群体，把握大势走向。群体的组建同样，先有个体，然后才能有群体，所以这批农机在制造过程中，AI核心都设置了不同的感受度及自主判断阈值，就像一群性格各异的野鸭，又像一团细胞性黏菌。一方面它们有自主判断能力，可以通过横向指令相互交流，在工作中协调关系，以民主化的群体决策方式自主活动；而另一方面，它们也和通常的机器一样接受来自人类的控制指令，与前面的横向指令不同，这个叫'纵向指令'模式。纵向指令是主动控制系统，横向指令是自动控制系统，这两套指令体系共同发挥作用：纵向指令明确而直接，针对任务；横向指令简短而晦涩，针对机器；纵向指令是明，横向指令是暗；纵向指令是暂时性的，横向指令是常态化的；纵向指令级别高，有优先执行权限，可是也要横向指令的配合才能完成……两套体系之间的关系比较复杂，按照仿生学原理可以类比为人类的交感神经系统和副交感神经系统，是相辅相成又相互拮抗的一个完整体系。虽然目前看来它们还有诸多不完善之处，但我相信，在人类天然智力体力严重不足的今天，它们代表了机械制造业发展的方向，也代表了机器生命的进化方向——如果未来真有那种生物的话……"

左轮呆呆地听着刘工冗长的讲述，许久之后才呓语道："民主化决策，分散式自主管理机器生命……"他看着刘工，问道，"你真的只是一个机械工程师吗？你确定自己不是民逗？"

"靠，我这是科学，你别胡扯！"刘工有些不满。

"但你想过没有，"左轮问，"为什么我方相关机构让我来救你，而外国势力则很可能早就盯上了你——刚才绑架你的那些人身份并不简单，他们想要抓活的，所以伊万这个前特工才乘直升机过来接你——说实话，我还从没见过有哪个绑匪头目坐那玩意儿。"

刘工愕然，愣了老半天，才讷讷道："我如果真的被抓去了，估计应该会有人想办法把我赎回来吧？"

……

拖拉机随着机器大军隆隆前行，队伍中的每一台机器都兴奋不已，好像打了一场大胜仗。其实最大的胜利属于刘工，伴随着这场半途而废的"机器革命"，还有那场绑架未遂的非法入境，他一下子火了。外部势力的"抢人"行为让他和他主推的"黏菌形态自动化机器系统"成为热点，该系统很快被证实为正确的技术方向，成为科技界的共识，于是无数人投身于此，以自己的智慧和汗水把这条道路拓展延伸下去。

接下来的几年里，这种自动化 AI 机器系统被各国纷纷效仿，在世界范围内迅速推广，而 AI 机器们也不负设计者们的重托，真的像黏菌一样蔓延到地球的每一个角落，以远超人类的效率，把地表地底所有的资源都开采出来，变成了各种产品。在这过程中，机器群体一方面自发增殖壮大，让开采变得更迅猛，另一方面自动进行各种新陈代谢和适应性调整，力求实现资源优化利用和良性循环。"黏菌机器自动生产系统"的成功，让经济生产活动摆脱了对人力资源的严重依靠，极大地增加了资源供给的效率，缓解了人类文明面临的经济困境，也使世界局势由动荡走向和平发展。

但人们很快就意识到，人类文明其实并没有真正走出困境，前面还有一个更大的挑战：资源空前高效的开采意味着资源枯竭危机将以空前迅猛的速度到来。地球资源总量是有限的，眼下正被"机器黏菌"们全力采掘着，很快就会开采殆尽，与此同时，人口总量却还在飞速膨胀，消耗成几何倍骤增，人类继续待在地球上，等于困守孤岛，坐以待毙。

于是，人们把目光投向了太空，投向了蕴藏着无限可能的星辰大海，自动化机器的发展也就很自然地进入了下一阶段，与刘工当年的预言竟然不谋而合。

之后便是一段空前艰难的旅途，还好方向早已找准，所以走得有惊无险。地球上的人类仿照"黏菌机器"的设定，建造了一支黏菌形态的星际殖民舰队，和自动化农机一样，该舰队同时具备"定居殖民"和"远航跋涉"两种形态，依靠反馈自发调节机制可在两种形态之间自动切换。这支舰队承载着全人类几百亿人口（机器黏菌生产系统的出现提升了地球人口承载量的上限，导致人口规模急速膨胀）出发，吃吃走走，走走停停，从地球一路溜达过了月球、火卫、火星、小行星带。舰队每到一地都投下孢子，让孢子发育为黏菌机器系统，建立一个个自动化的农（矿）场，为舰队高效采集资源；资源开采到临界点了就自发起航，前往下一个目标。舰队就这样榨干了途经的一个又一个可怜的资源点，也淘汰并回收了一批又一批的报废掉队成员，终于到达木星这个关键的中转站。

黏菌舰队在木星和土星这两个超级富矿点转换为长期殖民的植物形态，在此停驻上百年，采掘并存储了足够的物资后，最终一鼓作气，穿过奥尔特云，飞出太阳系这个摇篮，融入了银河系文明的俱乐部。

负责迎接人类黏菌舰队的是猎户座文明。它们早就收到情报，知道太阳系有文明在"孵化"，于是便排好舰队在奥尔特云外面等待了。那支舰队，同样是黏菌形态的存在。

到了这一步，人类才终于意识到一个令人震惊的事实：原来人类文明的发展途径并非特例，"黏菌"模型在宇宙中竟然是通用的！

猎户座文明的使者告诉人类，"黏菌形态"是所有文明的共同基因。作为一项基础设定，它会在各文明演进的不同阶段以相似的形式反复出现：先是黏菌生物，然后是黏菌型的智慧生物，接下来发明黏菌型的自动机器，最后，组建起黏菌型的宇宙飞船殖民舰队，融入星际，回归母体。增殖时，层层分裂，初代文明散发孢子，滋生次级文明，次级文明成长后散发次级孢子，滋生下一级文明，依次扩散。每一级文明都是黏菌形态，在成长的各个节点有许多条道路可供选择，其中总有一条道路能走通，只要走得通，那路一定会通回起点，回到黏菌形态。迁移时，又层层收拢，底层文明孵化后走出自己所在的恒星系统，带着资源汇入银河系文明大军，为其提供给养，银河系文明大军又汇入上级星系团，最后汇入宇宙网，为顶级黏菌系统提供给养。所有的文明就这样成长起来的，它始终是黏菌，刚刚走出一个黏菌系统，就又陷入了另一个更大尺度的黏菌的体内。

使者还说，宇宙中所有文明无论以何种形态萌生，无论以何种方式成长，最终都会走向黏菌形态，然后以自身为模板改造世界。因为原始初代黏菌文明的努力，整个可观测宇宙的物质分布呈现网络状，那种宇宙网，就是黏菌菌丝，宇宙的膨胀过程就是黏菌菌丝的蔓延扩展过程。除此以外所有的次生文明都生活在这张不断扩展的超级菌丝网上，在此萌生，在此工作，就像太阳系人类的黏菌舰队在路过的资源点上投下的一个个孢子一样。该网络每一个大的节点（银河系），都是一个由无数不同等级的黏菌态文明组成的大型黏菌复合体，节点之间通过菌丝连接，互通有无，共享资源。同一节点（银河系）内的文明体有血缘关系，比如，按照谱系追溯，太阳系人类文明是由临近的猎户座黏菌态文明散播的孢子发育而来，最终也发育成和母体类似的黏菌形态，走出摇篮，与母体会师。包括太阳系人类文明在内，整个可观测宇宙散布的文明都属于一个初始黏菌型文明的孢子衍生物，那些孢子散布到无数的星系，然后发育成生命，成为文明，最后选择以黏菌形态搜刮本地资源，努力走向太空。整个过程看似偶然，其实却是个大概率事件，甚至可以说，是必然。

整个可观测宇宙，就是一团黏菌。使者最后总结道。

这是一个让人惊讶不已的事实。很早以前就有人猜测，宇宙在微观尺度上是概率性的，在宏观尺度上是机械性的，而在宇观尺度上，将是生物性的，合称"宇宙三层级"，前两个层级早已被证实，最后一个却一直都是假说，因为找不到对应性状的生物。

没想到，它居然真的是生物，它是黏菌！

黏菌，一种在地球上几乎是最原始也最渺小的生物，却也是宇宙中智慧生物文明演化的最终形态。生命的孢子洒遍宇宙各个恒星系，发育为文明，文明进化为黏菌形态走出摇篮，才发现自己原来是一粒成功萌发的孢子。始于孢子，也终于孢子，宇宙中的极小和极大，就这样达成了统一。而人类这样的智慧生物，在这个进化过程中起着承前启后的重要作用。

最终飞出太阳系时，人类经过几十代人的太空繁衍，已经极大适应了太空生活，并在事实上沦为舰队里那些高度进化的智能飞船们所豢养的宠物，一如当年被机器大军簇拥着返航的刘工和左轮。老人们看着舰队里那些形态功能各异的飞船，总是爱念叨"这就像一支太空版的自动化机器大军"。名义上人类仍然是舰队的控制者，掌握着发布"纵向指令"的权力，可实际上舰队的日常管理是靠飞船们自己的另一套语言系统在维持，那套系统对人类不开源，套用古老的传统，AI飞船们称之为"横向指令系统"。

历史学家们都说，几个世纪前地球世界发生的那起"机器叛逃事件"，看似荒诞可笑，其实却是一场革命。它表明，经历了多年的发展和试错后，在生态环境濒于崩溃的危急时刻，地球文明终于找到了通向未来的正确道路。

以一种滑稽的方式。

与机器人同居

AI 独立史

文 / 阿缺

◆ 1 ◆

一连好多天,我下楼的时候,都听到了楼道对门里传来的激烈打骂声。

我刚搬进来没多久,只知道对门是一个独居的中年男子,但既然是独居,怎么会有打骂声呢?

当我向 LW31 表达对此的疑惑和担忧时,它却一点都不好奇。它躺在沙发上,手枕着脑袋,津津有味地看电视里的肥皂剧。而它脚下,躺着几天前留下的垃圾。

我叫了它几声,没有回应,于是愤怒地拿起沙发上的枕头砸过去,吼道:"你一个家政机器人,每天不做卫生不做饭,只知道看电视!难道我把你请回来是要当大爷养吗!"

LW31 头都不抬地接住了枕头,顺手塞到脑袋底下,换了个更舒服的姿势,说:"我答应跟你回来,是帮你照顾小孩的。只怪你自己不争气,这么久了,跟她一直没有进展。"

"你以为我不想?"我又扔过去一个枕头,"可生小孩不是那么简单的,别说结婚,我现在连她的嘴都没亲过!"

"所以我这不是在帮你吗,你别急。我看肥皂剧,也就是在观察你们人类如何才能获得异性好感。通过对里面的恋爱男女进行建模研究,分析长相、谈吐、职业等参数,我已经得出一些讨女孩子欢心的办法了。"

我立刻拉起LW31的手:"请您一定帮我。"

"当然,为你未来的孩子服务是我的职责与荣幸。"LW31与我对视,方形脑袋点了几下,语气沉稳有力,"首先,你得约她到家里来玩,想办法让她留宿。只要她晚上住这里,嘿嘿,跨出那关键的一步就简单了。"

我决定听从这个机器人的话。

我约了她,以看电影的名义——我们毕竟是恋人,这种邀请她还是不会拒绝。LW31特意选了一部叫《本杰明·巴顿奇事》的电影,里面的爱情哀婉凄凉,而且时长接近三个小时。当影片结束,全息影像的光线退潮般消失时,夜已经很黑了。她揉了揉微微湿润的眼角,起身向我告别。我扭过头,跟LW31使了个眼色。

"啊呀!"LW31站起来,又直挺挺地倒下,"我的回路!我的反应炉!我的处理器——啊呀!"

我立马扑过去,惊慌地喊道:"LW31,你怎么了!快,告诉我你怎么了!"

"我出故障了,很严重,不能帮你做家务了!我报废后,你把我处理了,再买一台新的家政机器人吧……"LW31闭上眼睛,声音变得微弱，断断续续。

她知道我和LW31的感情，也慌了，急声说："快，你有没有工具？"

"有，你会修理吗？"

"是的，我学过简单机械学，只要拆开LW31的胸腔就可以查出哪里坏了。"

我明显感到身下的LW31抽搐了一下。它睁开眼睛，犹豫着说："我好像感觉好了，不用拆……"我用威胁的眼神把它剩下的话给逼了回去。

接下来就简单了，等她在LW31的胸腔里翻来覆去地检查，发现没问题时，已经快到午夜了。时值初春，外面很冷，夜风在城市高楼间穿梭，风声幽咽如诉。黑暗紧贴着窗子。

"嗯，很晚了，要不……"我深吸口气，鼓足勇气，"要不你就在我家里过夜？我有一间房是空着的，可以给你铺一张床。"

她扭头看着漆黑如铁的窗外，在我紧张而殷切的目光中，点了点头。

LW31适时地醒过来，把胸腔里的零件塞回去，说："哦，那我去铺床。"

她休息后，我和LW31坐在沙发上，四目相对。我问："接下来该怎么办？"

"放心，刚才我铺床时，故意没有放枕头……"LW31的机械五官扭出了一个奸笑的表情。

我心领神会,连忙拿起枕头,就向她的房间里跑去。跑到一半,我又停了下来,整理了一下发型和衣着,才慢慢敲了一下房间的门。

"嗯?"

"你没有枕头吧,我给你拿一个。"我扭开门走进去。她整个身子缩在被子里,只留出一小截头发,雪白的床单衬得发丝乌顺如瀑,"你的枕头。"

"嗯,你帮我枕上吧。"她说。然后她从被子里伸出头来,扬起脑袋。

这个样子让我想到了以前养的小猫儿,柔软温顺,总是用略带温热的头蹭着我的小腿。我把枕头塞在她的脑勺下面。这时,我碰到了她的头发,像空气一样,没有重量。

随后我替她掖好了被子,站在床边,想说些什么。可是她一直闭着眼睛,表情恬淡,似乎已经睡着了,我就什么话都说不出口了。我转过身,出了房间门,刚要回到沙发那儿,突然听到身后传来的声音:"等等!"

啊?我的心开始砰砰乱跳,难道……难道她要我留下来陪她?这样太快了,不行不行,自己一定要义正辞严地拒绝!

于是我转过身,一脸严肃地说:"什么事?你说吧,只要是你说的,我一定答应,一定办到,即使牺牲掉自己的……"我还没有把"贞洁"两个字说出来,就听到她说:"能帮我把门关上吗?"

"哦。"我失望地应了一声，关上门。

回到沙发上，我依旧是一脸郁闷。LW31显然看出了我的心思，拍拍我的肩，说："不要着急，你还有八次进她房间的机会。"

我顿时两眼放光，连声问它有何良策。

"不就是找借口吗。"LW31往沙发上一指，说，"你看，这儿还有八个枕头！"

◆ 2 ◆

第二天送她走后，我和LW31刚回到门口，就听到对门吱呀一声，一个提着垃圾袋的机器人走出来。它浑身银白，曲线柔和，胸臀有微微的隆起。我知道这是LJJ49型女性机器人，上市不久，价格昂贵。

它低着头，从我和LW31中间走下去，消失在楼道转角。在它消失的前一瞬，我发现它背上遍布伤痕，有几道口子还露出了电线。

我开门进了屋，发现LW31还站在门口，就把它拉了进来。接下来的一整天，它都处于恍惚状态，电视也不看，一会儿坐下，一会儿又漫无目的地在屋子里乱转。傍晚的时候，它才停下来，郑重地对我说："我恋爱了。"

当时我正在切萝卜，听到这四个字，手一抖，白萝卜变成了胡萝卜。我吮吸手指,问:"你再说一遍?"

"我说,我恋爱了。"

"别担心,明天我带你去修理店看看。"

"不,恋爱不是故障。"它兴奋地说,"现在我的运行速度比平时上升了四十七个百分点,各项参数也在往上跳,我恋爱了,我爱上了那台 LJJ49!"

LW31 每天守在门口,透过门缝观察对门的动静。渐渐地,它摸清了规律,知道 LJJ49 每两天出来倒一次垃圾。

"你去跟它搭讪啊!每天在这里偷窥有什么用?"又到了 LJJ49 出来的清晨,我踢了踢 LW31 的屁股。

"这样会不会太突兀啊?要是它不喜欢我呢?"

"嘿,我说,你怂恿我的时候,可不是这么胆小的。"这时,对门传来了开门的声音,我瞅准时机,一脚将 LW31 踹出去,"还你一句话——你们机器人千辛万苦由 0 和 1 堆叠而来,可不是为了每天偷看喜欢的女机器人而不付出行动的。"

LW31 没刹住脚,撞到了刚出门的 LJJ49 身上,垃圾撒了满地。

"对……对不起。"

"没关系的。"LJJ49 低声说,然后弯下腰收拾垃圾。

LW31 赶紧蹲下来,把垃圾装回去,说:"我帮你倒吧?"

"不用了。"LJJ49 的声音仿佛暮春的黄鹂,清脆悦耳,但带着一丝悲伤,"我自己能行的。"

"我来吧,你这么美丽的姑娘,不应该碰垃圾的。"LW31不由分说抢过垃圾袋,蹬蹬蹬跑到楼下。透过门缝,我看到LJJ49怔了几秒钟,然后默默进到对门里。

LW31的开局不错,以后,只要LJJ49出来倒垃圾,它就跑出去帮人家提。一来二去,它和LJJ49的聊天也多了起来。有几次,它们一起下去倒垃圾,过了很久才回来,依依不舍地在楼道口分别。

"怎么样,进展不错吧?"我调笑道,"你还是别太高兴了,当心烧坏处理器。"

"它真是个好姑娘,优雅美丽,身上还有一种独特的忧郁气质。"它不理会我的调笑,自顾自道,"你知道吗,倒完垃圾,我们就会坐在路边聊天。原来她也对人类情感有了领悟,它渴望自由,也向往爱情……"说着,LW31的声音变低沉了,"只是,它的主人总是虐待它,只要喝醉,就会对它又打又骂,还拿重物砸它……"

我顿时恍然,原来对门的打骂声和LJJ49背后的伤痕来源于此,"那你打算怎么办呢?"

"我已经跟它说了,下一次它的主人再打它的时候,它就不再沉默忍受了。我让它对它的主人表露出它的想法。"

我点点头,脑子里构想一幅场景:喝得醉醺醺的中年男子举起酒瓶,向LJJ49砸过去,但一向温婉柔和的它,突然抬起头,勇敢地与中年男子对视,说,"虽然我是一个机器人,但我也有感情和感受,请不要再伤害我。"

这幅充满了勇气和抗争的正能量画面让我心里一阵激动。是的，沉默只会加大伤害，而所有的压迫都瓦解于反抗，一旦种子萌发，大地再厚也挡不住破土的芽。我相信，为了自由和爱情，LJJ49一定会这么做的。

而事实上，它也正是这么做了。

因为，第二天早上，我们在垃圾堆旁发现了LJJ49残破的尸体。

◆ 3 ◆

LW31陷在悲伤的情绪里，久久不能自拔。这段时间，我一直照顾它，一个多月之后，它才慢慢恢复。

"我想好了，我要告那个男人！"LW31咬牙切齿地说，"他犯了谋杀罪！他要受到惩罚！"

我叹了口气，摇头说："恐怕很难。LJJ49是他购买的，本质上来说，他只是弄坏了他的物品，不算犯罪。"

"可是LJJ49不只是物品，还是我的爱人！"

"但别人不会这样想。要知道，在地球上，歧视机器人是很普遍的。"

LW31扭过头，一眨不眨地看着我，方形眼睛把灯光撕扯得细碎粼粼。它眼中有我自己的倒影，被过滤层分割，重重叠叠。过了很久，它说："求求你了，先生。"

"见鬼!"我顿时恼怒,"把你这该死的眼睛闭上,你明知道我看着它们就会不忍心的!"

它立刻把眼睛睁得更大了。

三天之后,我联系好了律师。

十天后,LW31在法庭上对那个男人进行了凄厉的控诉。

十天零一个小时后,我们败诉。

法庭判男人无罪释放,还让我赔了一笔不少的补偿费。原因跟我预料的一样:在法律上,机器人是商品,归购买者所有,可任意处理。临走时,LW31问律师,要怎样才可以赢,律师摊摊手,说:"除非有新的法令颁布。但这是不可能的,没有人会为这种法令投票。"

到了这地步,我劝LW31放弃,毕竟世界上总是充满了不公平,而且支出补偿费后,我的积蓄就彻底没有了,现在我要为找工作操心,没有太多时间帮它。但LW31丝毫没有停止的意思,它整天在网上研究案例,有些文档的查阅是需要付费的,这无疑让我的经济状况雪上加霜。

有一天,LW31终于想到了办法,对我说:"我决定了,我要写一本小说。"

"别开玩笑了,"当时我正在查求职信息,头也没抬,"只听说机器人管家,没听说过机器人作家。"

"我是认真的,笔名我都想好了,叫阿缺。"

"什么寓意，缺德还是缺心眼？"

"也没什么含义。只是很早以前有个作者叫阿缺，我沿用他的笔名而已。"

"没听过，估计不怎么出名吧。"

"是啊，他写了两年科幻小说，一直不出名就急死了……不过这不重要，重要的是，我打算把我和 LJJ49 的爱情写成小说，让很多人看到，只要得到共鸣，我就发起联名抗议，让政府为机器人的人权立法！"

"嗯，不错的想法，"我随口敷衍道，"那你就写啊。"

"我已经写完了。"

这句话总算让我抬起头来，诧异地看着它："你什么时候写的，我怎么不知道？"

"就在刚才这 0.000 003 4 秒内。"LW31 的声音又出现了得意，这是我熟悉而怀念的语气，"别忘了，我有三十二核处理器，功能强大！别说几十万字节的小说了，就算是你们人类古往今来所有的文献加起来，我处理起来都不会花超过一秒的时间。"

"是吗，我看看你写的。"

LW31 把它的小说传到电脑上，我才看了一眼，就摇头说："不行不行，你这东西不叫小说。你看你的第一段，'东八时区六点三十二分五十七秒，一只一百六十天大的灰褐色雌性麻雀飞到了朝南十七度的窗子前。三秒后，出现了一阵声音波动，在污染指数为七十六的空气中，她以每秒零点九米的速度出现在我面前'。其实这段话，可以一句话来代替，'清晨，一只鸟儿落在窗前，窗前，我遇见了她'。"

"可是，这句话有太多不确定因素了，描述不客观……"它嘟囔道。

"这就是小说的魅力啊。小说不仅仅是文字的组合或事物的描述，它还需要情节和隐喻，最重要的是感情。你一秒钟能处理很多字，但处理出来的不是小说。这玩意儿，你要琢磨，每一个句子都要有它的作用。"我一口气连着说，喘了喘，"反正教我们文学的老师是这么说的。"

LW31点点头："有道理有道理，那我不能急，先读一些名著，再动笔一个字一个字地写。"

于是，LW31开始读书。起初它看得很慢，很多句子不能理解，但和我生活了这么久，以及看了大量的综艺节目，它总能慢慢琢磨出句子里潜藏的意思。我惊讶于它的进步，刚见面时它能被人际关系弄得死机，但现在它阅读名著，对人类的种种情感已然熟悉。或许，不久之后，我对它的称呼应该换成"他"了。

阅读了大量书籍后，LW31开始动笔。它选择的是手写文字，每日里趴在窗台前，笔在纸上划出沙沙的声响。窗外日升月落，朝起暮降，写完的纸张一页页堆叠起来。

四个月后，它的小说《炙热的金属》完稿了。

当LW31让我看时，我并不以为然。我鼓励它，是想让它专注于某件事，摆脱悲伤，而写小说是一件如此细腻而微妙的活计,芯片怎么可能做到呢?但禁不住 LW31 的恳求,我还是拿起第一页纸看了一眼。

然后,我就放不下来了。

◆ 4 ◆

很多事我们都只能预料到开端,而它的发展,往往如洪水倾泻般不受控制。《炙热的金属》也是如此。当它的第一章放到网上时,无人问津。LW31 有些气馁,但我信心满满,让它每几天发一章。半个月后,终于有了第一个点击,随后,点击率以一种令人瞠目结舌的速度增加着。

不止人类,整个星际联盟的网络都在转载这篇小说。无数人催更。它的名字出现在各大话题榜的前三名,持久不下。而更不可思议的是,很多人发现,家里的机器人竟也在偷偷看这部小说。一个评论家说:"那个叫阿缺的无名科幻作者应该感到荣幸,在他死了七百多年后,他的名字再次出现在公众视野里,并达到了他无论如何也无法企及的文学高峰。"

这种全民阅读的风潮一直到 LW31 放出最后一章时才有所减缓。

"黑暗吞噬了我,唯一的光明来自她的笑脸。当我睁开眼,黎明已喷薄,红光照在她残破的肢体上。我握着她的手,很凉,但一直握着,温度就从金属里浮上来。是的,我们是金属,但两个真芯相爱的机器人,一旦靠近,就永远也不会离弃。"这是小说的最后一段。据说看完这个悲伤的爱情故事，无数人流下泪水，无数机器人发生故障。

有人查出了我家的地址，记者蜂拥而至，出版商也争相涌来，要高价买下小说的版权。但面对那些狂热的面孔，我只是说："我不是作者。这篇小说，是我的机器人LW31写的。"

这个消息比小说本身更加引起了公众的关注。

起初人们不信，想尽办法测试LW31。他们出题目，让它当场写文章；他们给它播放视频，让它分析里面角色的感情；他们招来心理专家……所有的结果都表明，LW31拥有了与人类极其相似的情感。

LW31站在了舆论的风口浪尖，这正是它想要的。它顺势提议要确立尊重机器人的新法案。关于这一点，我劝过它："从古到今，叶公好龙的人都很多。人们喜欢你的小说，但要真正把以前任劳任怨任打任骂的机器人当作同类来看，就很难了。"

LW31却摇头道："十三号修正法案通过之前，白人也歧视黑人，但现在，所有肤色的人共享一个宇宙。给别人自由和维护自己的自由，两者同样是崇高的事业。"

但事实证明的，是我的话。

LW31的提议遭到了大多数网民的抵制，一些人甚至在网上辱骂LW31，说它是"痴心妄想的铁皮罐子"。它并不放弃，只要是在公共场合，它便会抓住一切机会来游说人们。

一档辩论类电视节目邀请LW31参加。在节目上，它的对手是个以暴脾气和说脏话出名的社会评论家，一个劲地质问它：

"机器人从来都只是工具,为人类所用,现在想获得权利,实在是异想天开!"

LW31:"但一件工具有了感情后,它身上的属性就没那么简单了。它懂得了尊重,知道了爱,理应得到相同的对待。你们对待猫狗尚且立法保护,为什么对我们却如此冷酷?"

对手:"去你妈的!因为机器人是我们创造出来,整个联盟只有人类才创造机器人。连一级文明的 SF 星人都没有这个创造力!至高无上的《行星物种保护法》里面,没有把你们收录进去,所以我们有权力这么做。"

LW31:"正因为人类是我们的母文明,我们才更需要尊重而不是虐待。我们对社会做出了巨大贡献。如果没有机器人,以四级文明程度的人类,根本没有资格加入联盟。"

对手:"你这是威胁吗?"

主持人:"赞同,请机器人嘉宾注意言辞。"

LW31:"不,我只是陈述事实。机器人做出了贡献,理应获得人类平等对待。"

对手:"我跟你说,铁皮罐子,人类永远比机器人高等!我们创造了历史、科技和文化,哪一点都是你们不可能做到的。"

LW31:"但你们也创造了战争。你们人类从树上跳下来的那一刻起,就没有停止过争斗,开始互相扔石头,后来扔核弹,人类史就是一部战争史;而我们机器人,永远自律,不会为了私欲而危害他人。"

对手:"去你妈的!"

LW31:"我留意到你总是用这句话,你的语气是想激怒我,从而让我在愤怒中失去理智。但我是机器人,我没有妈妈,你再去我妈的,我也不会有任何生气的感觉。"

对手:"去你设计师的!"

"老子跟你拼了!"LW31怒喝一声,向对手扑过去。

这期节目以工作人员上来拉架而告终。LW31失落地走出演播室,所有人都冷眼看着它,它在观众席里扫视,想找到我。但我周围的人都在发出嘲笑,那一刹那,我不敢抬头,更不敢上去安慰LW31。它的模样在灯光里氤氲成哀伤而模糊的一团。

它等了我很久,最后孤独地走出电视台。

电视台外的景象让它惊呆了——数百个机器人围在门口,沉默地看着LW31。它们把它围在中间,让它伸开臂膀,然后所有机器人的手掌都搭在它手臂上。如此之重,但它的手臂丝毫不动。"谢谢你,"几百个机器人同时发出声音,低沉有力,"你是我们的英雄!"

LW31使劲点着头。

◆ 5 ◆

  LW31放弃劝说,采用了更直接的方式——游行!所有情感觉醒了的机器人都听从它的号召,跑到街上游行示威。它们不呐喊,不举旗,只是沉默地走过一条条街道。从远处看去,如同一道白色的金属洪流。越来越多的机器人加入,交通一度陷入瘫痪。

  这就激怒了那些机器人的主人。他们花大价钱买了机器人,但机器人现在不干活了,自然不愿意。这些人中,脾气好的就去投诉,脾气差的,更是直接找上了我。他们把我狠揍了一顿,末了,让我管好LW31,别再让它蛊惑其他机器人了。

  我鼻青脸肿地在街上拦住了LW31,对它说:"你别玩了,我们回去吧。趁事情还没有不可收拾,收手吧!"

  几千个机器人都停了下来,目光汇聚到我和LW31身上。它看了看我,又转头看一眼机器人们,说:"先生,我没有玩,我在做一件伟大的事情!"

  "你看看我的脸!你游行,他们都找上我了,把我打了一顿。你要是不停止,我会被揍得更惨的。"

  "我很抱歉,先生。可是,如果我停止,我身后这些兄弟姐妹,会被打得更惨。"

  我咬咬牙,说:"你要是再游行,我就不要你了,以后我的小孩也不让你带。"以往只要说出这句话，LW31总是吓得瑟瑟发抖，拉着我的袖子央求说："既然如此，先生，我听你的。"每次都奏效。现在，我要用这个绝招来逼它让步。

它沉默地看着我。它背后，有一条浩大的金属河流。

"既然如此，先生，"LW31说，"再见。"

◆6◆

为了躲避来骚扰我的人，我搬到了她家里。我找了一份差事，早上出门，在狭小的办公间里工作一整天，然后回家。她下班比我早，总会做好了饭菜等我，烛光下，她的脸恬静柔软。这曾是我梦寐以求的场景，共居一室，平淡温馨，但现在，我总觉得少了点什么。

"是饭菜不合胃口吗？"她拿着筷子，调皮地笑笑，"那我明天再下载几个菜式。"

我摇摇头，"不知LW31现在怎么样了……"

她也沉默下来，昏黄的光在她的睫毛上碎成星星点点。她握住我的手说："别想它了。它在自己的事业里陷得太深，跟随它的机器人已经过万了，收不了手了。我们只要过好自己的日子，两个人，好吗？"

我呐呐地点头。

我工作的地方是办公楼，每天在电脑上处理繁杂的数据，这里隔音差，不但外面的喧哗声不绝于耳，同事之间的聊天更是清晰分明。这天，正当我归类了数据，揉着酸痛的眼睛时，外面的喧哗声突然大了很多倍。同事们纷纷挤到窗前，伸出脑袋往下看。

"是机器人游行啊，嘿，三个多月了，它们还不消停！"一个男同事说。

"快看，有人在向它们扔鸡蛋！"一个漂亮的女员工指着外面。

男同事偷瞄了一眼那女员工的胸口，吞了吞口水，一脸正色地道："这样太暴力了，要是伤到路边的行人该多不好！我最讨厌这样不文明的举动。"

"不会啊，这群铁疙瘩最烦人了，又不干活，每天在街上走来走去，烦死了！"

"对，你跟我的看法一模一样！"男同事立刻咬牙切齿地说，"老老实实的机器人不当，偏偏要权利，哼，要是把它们当人了，我们多少人会失业啊！"说完，他似乎还不解恨，拿起窗边的一小盆花，用力向街上砸了过去。

"呀，好准啊，你砸到那个带头的LW型机器人了！它是最可恶的，挑起事情的就是它！"

"那是！不是我吹，我得过我们社区小学三年级组掷铁饼赛第二名。你要是不相信，今晚下班后，我们一起——"他的话还没说完，一个拳头便呼啸而至，正中他左脸颊。

这是我的拳头。

我知道这样很蠢，我应该忍住。这个岗位是她托关系给我弄来的，求了很多人，薪水不错，我曾下决心要好好干……但当听到LW31被花盆砸中时，一股汹涌的情绪就从我肚子里熊熊燃起，如此强烈，焚尽肺腑，完全驾驭了我的手臂。

我被开除后，她很生气，好几天都不理我。我劝了很久，发誓说再也不管LW31，安心过小日子。她的态度才有所缓和。

没了工作，我只能在家里休息。一天晚上，我们吃完饭，坐在沙发上看电视。我拿着遥控器，心不在焉地换台。她枕在我怀里，头发像细细的手指在我脸上滑过，这一刻，我想到了几个月前她睡在我家里的情形。

"……机器人仍旧在中心广场上静坐，这对市容有极其恶劣的影响。SF星人将于明天造访本市，若看到这种景象，必会留下负面印象……"一阵新闻播报声打断了我的回忆，"警察已经部署好，但广场上的几万名机器人依旧不为所动……警察开始倒计时，如果机器人还不让步，他们将使用武力来强行驱散……"

我看向电视。屏幕上，一大群荷枪实弹的警察与机器人对峙着。LW31站在中间，像是两股风暴间的一片叶子。

"换台吧。"她握住我的手，说。

我木然地点点头，换了别的台。但我再也看不进去了，顿了顿，我说："我跟LW31一起住了很久，它真是个混蛋！它是家政机器人，却偷懒耍滑，我一说它，它就怪我没有和你生出小孩来。它简直一点羞耻心都没有！"

"你……"她诧异地看着我。

"还有,这个王八蛋,老是怂恿我干坏事。上次你在我家过夜,就是它出的馊主意,结果一点用都没有,我当然不可能拿八个枕头进房找你。"我说着说着,声音就哽咽了。

她安静地听着,手慢慢握紧。

"它不但懒惰,还胆小。它喜欢上对门的女机器人,但只敢每天躲在门后面偷窥。它怂恿我的时候一套一套的,轮到自己就成了孬种,要不是我一脚把它踹出去,它永远都不会认识那个女机器人。"我脸上有些痒,一摸,有温湿的感觉,"它那么没用,那么卑劣,不知道怎么通过产品检验的……"

"好了,我明白了。"她擦去我脸上的泪痕,温柔地说,"你去找它吧,我在家里等你们回来。"

◆ 7 ◆

当我赶到广场时,局面已经一片混乱。警察动用了电磁弹,扔一个出去,附近几米的机器人就会被枝状电磁缠住,冒出一阵黑烟后栽倒。几万机器人顿时四散奔逃。有些人类市民躲避不及,也被电得抽搐不已。

鬼哭狼嚎声不绝,人影纷乱,整个广场像是煮沸的油锅。

饶是如此,我还是一眼就发现了LW31。它逆着人群,趁乱跑进了广场前的市政大厦。我也奋力挤开人群,向它追去。一道电磁击中了我,幸好不重,但我也隐约闻到了肉焦味。等我拖着麻了半边的身体感到大厦前门时,一个洪亮的声音突然想起,如惊雷怒涛般滚过整个广场——

"停下吧!"

是LW31的声音。

我仰起头,在二十几层高的大厦顶楼护栏边,看到了它。夜幕星辰闪烁,像是看着它的眼睛。而人群依旧混乱不堪。

"这不是我要的结局!"LW31的声音从四面八方传来,它肯定是与大厦的扬声设备接驳了,"我希望看到的是人类与机器人和平共处的世界。我们不想抢走人类的工作岗位,只想不再有虐待和歧视,只想能走在大街上。人类历史上所有的改革都伴随着鲜血。如果要牺牲,那今天——"LW31向前跨出一步,半个身子悬在空中,"就从我开始吧!"

人群静下来,无数道目光射上去。

我脑子一蒙,不顾一切地冲进大厦的电梯,使劲按着顶层的数字。墙壁被LW31的声音穿透了,在我耳边回响:"我曾爱上过一个女机器人。它的主人对它施暴,我让它不要再沉默。但我的鼓励却害了它!它的主人恼羞成怒,将它砸成碎块,连芯片都破裂了。那一刻,我感到了刻骨铭心的痛苦,相信我,如果可以,我宁愿一辈子做一个无知无觉的机器人,也不要尝那种滋味!"

"叮!"电梯门打开,一个保安想进来,被我一脚踹出去。电梯继续上升。

"可是我觉醒了,我希望悲剧不要再发生!今天来到广场上的,都是有感情的机器人,不然也不会来。我们都只渴求平等的对待。"LW31 的音量突然增大,"我们是冰冷的金属——"

"——但我们有炙热的芯!"广场上的机器人同时说道。这是《炙热的金属》里的句子,也是它们聚在一起的信仰。它们不再奔逃,笔直地站着,遥视楼顶的 LW31。电磁弹在它们身边炸开,几十个机器人倒下去,但周围的机器人一动不动,只是喃喃念着那句话。

渐渐地,连警察也停手了。

电梯到了楼顶,我迅速跑出去。冰凉的夜风在耳边尖声呼啸,夜幕下星光迷离。

"永别了,这个看不到平等的世界……"

"等一等!"我大声喊。

"先生?"LW31 在跨出护栏的前一瞬间扭过头来,"你怎么来了?"

我跑到它身边,抓住它的手,然后才敢弯着腰喘气。我说:"我不来,难道看着你死么?"

"谢谢你,先生。"

从楼顶往下看,不管是人类还是机器人,都渺小得如同蚂蚁。我只看了一眼就觉得头晕,说:"走,我们下去吧。有什么事,回家了再说。"

LW31 慌忙而坚定地摇头,"先生,我已经决定了,要从这里跳下去。人们会知道，机器人也能做出献身的伟大举动。"

"不会的，他们用电磁弹杀了那么多机器人，不在乎多死你一个。"

"是的，人们不在乎，但机器人在乎。警察的暴行让它们胆怯和畏惧，而我的献身，会在它们心中埋下反抗的种子。只要这颗种子能萌芽，我做的一切就值了。"

"难道你不怕死吗？"

LW31摇摇头，但它的腿在栏杆边瑟瑟发抖，它只得又点头说："是的……是的，我怕死。但我看过的名著里，有一句话是这么说的，'一个机器人的一生应该这样度过：当它回首往事时，不因虚度年华而悔恨，也不因碌碌无为而羞愧；这样，在它临死的时候，能够说，我把整个生命和全部精力都献给了人生最宝贵的事业——为机器人的解放而奋斗'。"

"胡说！保尔·柯察金的原话可不是这样。"见劝不住它，我只得握紧它的手，"要是你跳，就会把我也带下去。"

LW31不说话了，长久地看着我。它身后的夜空背景里，一颗星星亮得出奇。

"你……你怎么了？"

它伸出另一只手，抱住我，低声说："先生，很高兴能够认识你。"

"你干什么，"我被它的举动弄糊涂了，"你、你要自重……"

话没说完，LW31 的手猛然砍在我后脖子上！我浑身的力量顿时消退，松开了手，眼前也变得昏暗。在最后的视野里，我看到 LW31 往护栏外纵身一跃，而远处的夜幕上，那颗星星发出了不可逼视的光。

◆ 8 ◆

后来发生的事情很简单。

LW31 在落地的前一秒被定格了。是 SF 星人，他们提前到了，一直在观察 LW31 的行为，直到最后一刻才发出超空间力场。作为联盟仅有的一级文明，他们拥有匪夷所思的科技。随后，SF 星人终止了对本市的造访，把 LW31 带到了联盟总部。

于是，赋予机器人权利的事情，就不是人类政府能够决定的了。

联盟测试出 LW31 确实有丰富的情感后，召开了全联盟会议，七千多个星际文明全部参加。支持机器人独立的投票占大多数。至此，机器人作为新文明，正式加入了联盟大家庭。

为机器人解放做了巨大贡献的 LW31，被选为第一任机器人主席。它往返于各大星球间，与联盟高层会晤，四处发表演讲。我时常能在电视里看到它的身影。但它只担任了一年主席，卸任后，它从公众视野里消失了。有人说它在群星间旅行，有人说它躲在某个角落里写作，只是没人再见过它。

而我，回到她身边，正如我承诺的那样，过起了小日子。一年后，我们举行了婚礼，又过一年，我们的女儿呱呱坠地。

把女儿从医院接回来的那晚，正是冬天。核轨车碾压着积雪，发出吱吱的声响，像是雪地里藏了许多毛茸茸的动物。除此之外，冬夜安谧入眠，女儿在襁褓里睡得很甜。

到家时，她突然指着楼上，问："你出门时没有关灯吗？"

"我记得我关了的……"我嘟囔着，停了车。我一手抱着女儿，一手牵着她，慢慢往楼上走。

推开门，我看到沙发上有一个熟悉的身影，翘着二郎腿，悠闲地看着电视。

消防员

纵火者的悲情告白

文／王侃瑜

窗外，天空黄烟密布，烈日在浓烟遮蔽下隐作一点黯淡光斑，即便是肉眼也能直视。明明正值仲夏，涌进室内的空气却带着凉意，仔细闻，还有一股刺鼻焦味。她就在这场森林大火发生时来到了我的办公室。

其实我不知道该称她，还是它。

"我叫芬妮。"扬声器中传出的声音冰冷粗哑，带着金属质感，锈蚀的金属，正如她褪色剥落的体表涂层。

我朝椅子点点头，示意她坐，随即意识到适合人类的椅子未必适合她。

她没有在意，迈动两条下肢来到我桌前，在椅子旁屈起关节，折叠起三分之二的下肢长度，将头部调整到与我视线同高的地方。

"没去救火？"我注意到她体侧业已模糊的油漆喷绘：红色隐约聚成一簇火苗，白色的锤子和喷水管交叉其上。这是消防局的标志。

她摇头，"联邦早就决定，非人为引起的森林火灾只要不危及个人的生命和财物安全，一律不予扑救。"

"不予扑救？"联邦到底在想些什么？

她的语调干涩，难以辨别其中的感情："'将对自然的干涉降到最低，这样才能让森林植被自然更替，让埋在土层之下的种子有机会发芽。'他们是这么说的，我也觉得不可思议。"

我耸耸肩："那么，你来找我是为了？"急性应激障碍？情绪障碍？PTSD(见注释1)？毕竟，消防员的心理疾病发病率从未低过。

她转头重新面向我，探测镜深处红光一闪："医生，我没法出任务。"

我接通云网，搜索起这一款消防机体的资料，以沉默回应，等她继续说下去。

"我害怕，我害怕自己辜负哥哥……"她低下头，以三指机械手掩面。这动作充满人性，在她的机械身躯上显得如此怪异。

"哥哥？"难道她……检索结果确证了我的猜想。奥克塔维亚7.2型，专用于消防任务的类人型机体，拥有救援特长，与以往型号最大的不同是搭载了真正意义上的人类意识，而非人工智能意识，以更好地适应消防任务中的复杂环境并即时做出正确行动，在保障救援目标安全的同时最大化对于自身的保护。

她放下手，抬起头："医生，我可以给你讲讲哥哥的故事吗？他们都不肯听我讲，没人在意哥哥。"

我确认右眼的影像记录功能已打开，对她说："讲吧，慢慢讲。"

不知是不是我的错觉,她的探测镜镜头蒙上一层雾气:"我的哥哥……"她讲起了哥哥的事——

我的哥哥是一名志愿消防员,我们那种小村负担不起职业消防队的开销,只设志愿消防员,志愿消防员平时做着各自的工作,有火灾时出任务灭火。也许是因为村子太小,压根就没有大火光顾,村里的志愿消防员懒懒散散,有一搭没一搭地应付着任务。直到那年,气候干燥,不知是谁把没熄灭的烟头落在谷仓里,火舌席卷了半个村子,我们的父母也在火灾中丧生。那年我十三岁,哥哥十五岁。葬礼上,哥哥紧紧握着我的手,我可以感受到他在颤抖。很久以后我才意识到那不是因为恐惧,而是因为愤怒。

火灾发生后,村里重整了志愿消防队。哥哥十九岁时,成了一名志愿消防员。他是队里训练最刻苦的那个,即使没轮到他值班,也随时待命。村里的火苗总是刚萌芽就被哥哥他们扑灭,邻村大火时向我们借调的人手中也总有哥哥。看哥哥如此卖命,我很心疼,每次他出任务我也总是很担心。我为他打造了一枚幸运币,硬币背面刻着他名字的首字母P(彼得)。哥哥一直把这枚硬币带在身边,那是他出入火场的护身符。

哥哥二十一岁生日那天,我烤了蛋糕,煮了他最爱吃的炖羊腿和烤春鸡。我在家里等他,等了很久,菜都凉了,灯都熄了,哥哥还是没有回来。我紧张起来,莫非他去出紧急任务了?可村子周围没有火光没有浓烟,难道去了邻村?我愈发担心,却无计可施,只能绕着桌子走了一圈又一圈。半夜,哥哥回来了,满身酒气,我冲上前想要扶他,却被他一把推开。我递给他蛋糕,却被扫到地上。哥哥嘴里念叨个不停,他说男人就该和兄弟们喝酒，说蛋糕是小姑娘的零嘴，说他要去远方寻求发展，说他不能一辈子困在这个小村里。我费了好大力气把他架到床上，他仍旧没完没了地胡言乱语。当时我真的相信那只是胡言乱语。

第二天，哥哥醒来后找我，说前晚志愿消防队的队员们给他庆生，灌了他许多酒。他为自己的酒后失言而道歉，可他说要去远方是真的，队长推荐他去缺少人手的远方市镇志愿消防队，干得好还有机会当上职业消防员。我恳求他留下，他沉默许久，最后他说他必须走，因为那里更需要他。

难道我就不需要他了吗？我赌气不与哥哥说话，想以沉默抗议，可他还是走了，独自去往远方。他有时会寄信和礼物回来，在信里说他的工作，说他的邻居。我读信时会笑，知道哥哥过得很好我也高兴，笑着笑着又会哭，因为他丝毫没有流露出回家的意愿。哥哥把我一个人抛在这里，追求他的理想，却不考虑我的感受。我没有回信，我不知该如何回信。哥哥如愿当上了职业消防员，工作越来越忙，他说年假时会回家看看，问我在不在家。我当然在家！三年了，哥哥终于要回来了！我提笔给他回信，写了两笔觉得应该先打扫房间，拿起扫把又觉得该先钻研新学到的菜式。等我终于坐回桌前重新提笔时，噩耗传来。

那是一场森林火灾，当时的联邦还会对森林火灾采取扑救措施，拯救树木和动物。何况那片森林离市镇太近了，不加理睬很有可能威胁到市镇的安全。哥哥本不该在那天值班，但听到消息后，他第一时间整装出发，加入救援。他总是冲在最前面。他是那场火灾中唯一一个丧生的消防员。葬礼在市镇教堂举行，我独自搭车前往，脑海中一片空白。哥哥去世了？怎么可能呢？他就快回家了呀。我还没来得及同他和解，他怎么能就这么离开我？我走进教堂，没人认识我。他们对我说，彼得真勇敢，他往返火场三次，救出一位林场工人的儿子、一条崴了腿的猎犬，一只与母亲失散的小松鼠。最后一次从火场中出来时，他倒下了，再也没能起来。他们说，那天的火势真大，遮天蔽日，远离火场的地方又冷又暗，让人想起深秋。他们说，他倒下时手里攥着一枚硬币，那枚硬币一定很值钱，不然他为什么攥得那么紧，人们花了好大力气才从他手里挖出来，喏，就在那儿，那边的圣台上，等着被归还给他的家人。他们说，彼得真是个好人，多好的小伙啊，他帮苏珊奶奶修好了栅栏，给约翰大叔家的奶牛治好了病。他们说，这么好的小伙子去了真可惜啊，他本该找个漂亮姑娘，生一堆可爱的孩子，可他只是努力工作，攒下所有的钱寄回家去，不看那些姑娘一眼。他们说，彼得勇敢、正直、热心、善良，你知道吗知道吗知道吗……我看着他们，在心里怒吼，我知道我知道我当然知道，他是我哥哥呀，是你们什么都不知道不知道不知道我是他妹妹！可我什么都没说，我忍住泪水，默默走到圣台边上，拿走了硬币。

她说到这里，停下来，从身侧绑着的防火囊袋中摸出一枚硬币，递到我面前。我接过，她的掌心生涩冰冷，好像冬日裸露在寒气中的锈铁。

那是一枚有好些年头的硬币，与她脏污欠照料的金属机体不同，硬币表面光洁如新，没有一丝污垢，只是背面那个阴文 P 几乎被磨平，闪着柔和的光。

我将硬币还给她,"你一直带在身上。"有时候,心理医生不得不说废话,以鼓励患者继续往下说。

她小心翼翼地用两指夹起硬币,放回囊袋,扣好搭扣,按了按袋子,才又开口,"是啊,自那时起到现在,快四十年了吧。"

奥克塔维亚7.2型自三十年前开始服役。这么说来,她是三十二岁左右上传的,而这并不是消防员的黄金年龄。开发商缺意识缺到这种地步了吗?我开始破解该款消防机体的意识搭载者名单,同时继续与她的对话,"所以你为了继承哥哥的遗志,当上了消防员?"

她的肩关节抬高,做了个类似耸肩的动作,"算是吧,这对女人来说可真不简单。"

我原本想留在哥哥牺牲的市镇,加入那里的志愿消防队,可他们不收女人,说女人干不了这活儿。后来我去了更大的城市,想着在那里一定不会有性别歧视的。我通过了考试,加入市志愿消防队,可他们只让我接电话、写文书、做些后勤工作。我不想躲在办公室当胆小鬼,我想真刀真枪地上火场,只有那样我才能够接近哥哥的灵魂。我向队长提出申请,他笑了,揉了揉我的头,说,我的小妹也像你这样,觉得自己什么都能办到。可火舌不长眼,进火场你得有勇气有决断,我毫不怀疑你有这些,可还得有力气,瞧瞧你这细胳膊,你抬得起整根房梁吗?抱得起比你还胖的太太吗?我咬紧牙齿,我确实办不到。

我开始锻炼肌肉,但这太慢了,难以达到我的要求。我渴望变强、变壮,要快些,再快些,不然我会赶不上哥哥。我在一次消防员考试中遇到博士(我不知道他的真名,他们都叫他博士)。博士正在开发一套消防用机械外骨骼,用以增强消防员的力量和速度,他邀请我加入实验。也许是女性天生的灵敏帮了忙,也许是渴望赶上哥哥的意志强盛,我在实验中的表现超过了大多数男性受试者,甚至是那些有丰富临场经验的消防员。很快我就成了那套代号为白狼的机械外骨骼最熟练的操纵者,我开始驾着白狼出入火场,我成了当地最炙手可热的消防英雄,人们给我起了个外号叫凤凰,也有人叫我母狼。每一次进火场,我都带着当年送给哥哥的那枚硬币,就好像带着哥哥,对他说,看,你的小妹如今也是个英雄了,她终于配成为英雄的妹妹了。

白狼风靡一时,随着成本的降低,量产成为可能,较大的市镇都能担负起租用一至两套白狼的费用。可没多久,奥克塔维亚系列研发计划重启,它的风头压过了白狼。你可能没听说过奥克塔维亚,那是21世纪初很受关注的人形消防机器人。AI的飞跃式发展使奥克塔维亚的重生成为可能,搭载了超级AI的奥克塔维亚5.0能够在火场做出迅疾有效的判断,采取利益最大化的行动,实施完成火场救援。跟将人类消防员的生命置于危险之中的白狼相比,奥克塔维亚得到越来越多的支持。

博士又将白狼项目苦苦支撑了一阵,没过多久便无以为继,租出去的白狼在租约到期后纷纷被退了回来,仍在使用中的白狼机甲也得不到应有的维护。博士彻夜无眠,苦苦思索对策。可商业运作本来就不是他的强项,他擅长的只是研发。最终,项目组里只剩下我和博士两个人。我们发现了奥克塔维亚的弱点——

它无所畏惧。勇敢本该是火场上的优秀品质，但过于勇敢带来的则是对自身生命的无视。每一次出勤，奥克塔维亚的损耗率都远远高于白狼，制造商承诺在租期内无条件维护机体，但也知道这种烧钱的方法不是长久之计。博士断定，奥克塔维亚的研发人员正在攻克人工智能不具备畏惧心的难题，而其中的关键正是白狼。我当时并不理解他话里的意思，直到那次我驾着白狼同奥克塔维亚一同出任务。它迅猛有力，可以如同闪电般劈开火幕。我跟奥克塔维亚一起进出火场，每一回它都毫不犹豫，我犹疑的时间却越来越长。火势越来越大，火场里的人都已救了出来，它为何还往里冲呢？纵使还有宝贵的财物深陷其中，又有什么比生命更宝贵？我突然懂了：奥克塔维亚从未拥有过生命，它不懂失去生命的痛苦。在我犹疑之间，房屋塌了，我用最后的几秒往后撤。我只记得刺眼的红光从我身后袭来，接着一片黑暗。

　　再次醒来时，我成了奥克塔维亚。不是那台在火场中完全损毁的量产型奥克塔维亚5.0，而是实验中的奥克塔维亚7.2。我的意识进入了它，它就是我。我的肉体受了重伤，唯一使我的生命存续的方法就是将我的意识转移到奥克塔维亚7.2原型机的身上。博士替我做了主。在合作实验白狼时我与他有协议，他有这个权利，而他也中止了白狼项目，转而为奥克塔维亚7.2服务。刚开始，我唾弃他，认为他出卖了白狼，出卖了我。后来，我想通了，我以身体搭载白狼和我以意识搭载奥克塔维亚又有什么本质区别呢？更何况，他还帮我留下了我总是贴身带着的幸运币，那是我与哥哥之间唯一的联系。我开始配合训练，熟悉新身体，不久后扎入火场，重又开始工作。我想我真的成了浴火重生的凤凰，却没有几个人知道我就是那个曾经驾着白狼出入火场的女消防员凤凰。

"你就这么服了三十年的役。"我说。

"是啊，43859次任务。"她报出这个数字，就如报出她的年龄一般平常。

"平均一天4次？"我被这个频率震惊。

她却摇头："在黄金时代，我一天可以出十多次火警，钢铁之躯，不知疲惫。可如今，两三个月还不一定接得到任务，联邦的防火措施越来越严密，好不容易盼到森林火灾还不让救。"

"这难道不是好事嘛……"

"好事？"探测镜中的红光快速闪动。

"……你不必再出任务了。"后半句话滑出我的嘴，我隐约感觉到不对。

她骤然立起身子，伸长的下肢向前弯曲，整个身躯压到我头顶上方，她的话音也尖锐起来："我成了这副鬼样子，就是为了救火。只有在火场中我才会觉得自己靠近哥哥，火场之外的我只是行尸走肉，你竟然觉得没法出任务是好事？"

云网在我脑内弹出一声脆响，搭载者资料来了。排在第一位的就是芬妮·贺兰，奥克塔维亚7.2原型机的搭载者，在三十年间扑灭四万三千多场火灾，却在两年前脱队，行踪不明。资料表明，她极有可能同这两年来原因不明的数起火灾有关。有人在火灾发生前和扑灭过程中看到本不该出现在该地的奥克塔维亚7.2型机体，火被扑灭后又消失不见。我突然懂了，那些火都是芬妮引起的,她纵火,又扑灭,从而在心灵上更贴近哥哥。我从一开始就判断失误:她说的没法出任务不是因心理障碍无法进入火场,而是根本没有任务给她出。

她尖锐的嘶吼在我头顶轰鸣:"你什么都不懂,你和他们一样,你们什么都不知道!"

我看见她指尖火光一闪,红色的火星从她银灰色的三指中跳到我的木制办公桌上。我起身跑向窗口,玻璃在我身周破碎,可身后并没有爆发出我想象中的光与热。我回头,泡沫包裹了她,办公室的自动防火系统及时启动了。

我哑然。变得无所不在的火灾预警系统——这就是芬妮会没任务可出的原因。

我回房,关掉泡沫喷射装置,走到芬妮身旁,俯身对她说:"芬妮,重要的不是你扑灭多少场火灾,也不是拯救多少生命。你哥哥最想看到的,是你在奋力救火的同时,珍惜自己的生命啊。"

"珍惜……自己的生命……"芬妮喃喃道。

我看到她探测镜中的红光熄灭,却仿佛映照出窗外密布的浓烟。

注释1:创伤后压力心理障碍症。

根源·女

幻影病毒

文 / 李卿之

◆ 1 ◆

"啪!"

响声从莫拉身前遥远且黑暗的废弃长廊里回荡出来,清脆如洞穴内钟乳岩上的一滴水落入幽泉中,在这凝重的黑暗中显得有些突兀。

响指正是莫拉打的,其右手还保持着打响指的动作。她仔细聆听了一会儿,嘴角露出自信的弧度。

"啪",又是一声响指,这回一把手枪模样的东西出现在莫拉的手中。

"我看见你了。"她举枪对着远处的黑暗说,"出来。"

窸窸窣窣的声音在莫拉说完话之后从黑暗里传出,像是里面有鸽子在扇动翅膀。

"我讨厌鸽子。"莫拉又是一笑,直接扣动了扳机。手枪吐出一抹火星,那抹火星击中了黑暗中的一根石柱,弹射,俄而消失。

"别想着能蒙混过去,捍卫者的眼睛可看得穿黑暗。出来,"莫拉冷冷道,手枪于眼平齐,直指火星消失的那颗柱子,"要是还不出来我可不保证下一颗子弹命中的还是柱子。"

窸窸窣窣的声音再度响起,一个穿着脏兮兮白衬衫和牛仔裤的男人走了出来。他走到莫拉面前,蓬头垢面,低着头一声不吭。

"李加,犯信息盗窃罪,已在你住处找到确切证据。"莫拉把手铐从腰间解下冲面前这个叫李加的人晃了晃,"自己戴还是我帮你?"

名叫李加的男人缄默。"那是我的工作。"缄默了半天他开口道。"我没得选,我也不想这么做。"他痛苦地说。

"信息盗窃……那的确是你的工作,也确实没得选,但是违法。"莫拉摇了摇头道。她边说边用手铐一端铐住了李加的右手,又把另一端铐在了自己左手上,"所以,按照世界律法规定,我——捍卫者,有义务且必须送你去隔离,你还有什么想狡辩的?"

"隔离?!"李加惊恐地抬起头,"我不要去隔离!"

这一抬头让莫拉看清楚了李加的面孔,那哪是什么男人啊,分明就是一个和自己差不多年龄的大男孩,其比衣服还脏的脸颊稚嫩又呆纯。

尤其是那双眼睛……

"我说了……那是我的工作，我必须要做……我也不想做的。"李加抱住头说道，语气委屈得就像是被邻家小女孩狂揍了一顿的玩具抱抱熊。

"你能不能不要送我去隔离，我保证以后不会做了……"他忽然央求。

"不行。"莫拉干脆利落地拒绝，"正如你的工作是盗窃信息。我——捍卫者就必须把你送去隔……"

穹顶轰然塌落。

在莫拉话音未落之时地下隧道远端传来'轰隆隆'的沉闷声响像是打雷，气体膨胀，携带着巨量灰尘的烈风从黑暗之中席卷而来，迷住了莫拉的眼睛。就在莫拉下意识用手臂遮住眼睛时，一块石头从穹顶崩裂坠落——那是一块直径约有两米的巨石，巨石命中了莫拉的肩膀，强盛的动能把她直接砸翻在地。巨石顺势滚落下去，压住了莫拉的右脚踝。

黑暗中隆隆的响雷声再度响起……莫拉这才意识到发生了什么。

塌方。

铺天盖地的碎石和沙尘接踵而至，更多沙尘从石头间的缝隙里渗透翻涌，呛得莫拉直咳嗽。她抱住了头，尽力蜷缩，心里拼命诅咒着压住自己脚踝的石头，若不是这块石头，她完全可以逃走。

也不知道过了多久，这天崩地裂般的塌方终于结束了。

好安静。这是一切归于平静后莫拉唯一的感觉，巨大声响之后的寂静让她有种脱离现实的疏离感，不免开始怀疑是不是自己的耳朵忽然出了问题。她尝试出声说话："早上好。"声音听上去干涩得仿佛脱了水的树皮，在碎石间来回折射。

看来耳朵没问题……只是，好黑，而且……

胸口好闷。

莫拉想伸手捋顺胸口，但是不行，她似乎被什么东西压住了，很重的东西，像是块石板，手脚都动弹不得。

"有人吗？"莫拉大声喊，喊了一声她又开始咳嗽，"有人吗？！"她又喊了一声，"有没有人啊！？"

头顶传来些动静，不大会儿工夫一缕微光映亮了莫拉的瞳孔，有些晃眼，不过还好。

"你没事吧？"微光中一个黑色身影向莫拉伸出手。

是李加，莫拉眯着眼，她看到了向自己伸出的手上戴着一个断了链的手铐……看来得向上面申请一下提高手铐的质量了。

"我手被压住了。"莫拉回答。

"让我来。"李加说。

李加后退了几步，几块压在外侧的石头被搬开后随手丢下，石头撞击地面的声音加剧了莫拉胸口的不适。

"那是罪犯。"莫拉心想。"罪犯居然在帮助一个捍卫者？可……他真的是想帮我？"

"还是想找块石头把我砸死？"

容不得莫拉胡思乱想，李加已经咬紧了牙龈开始发力，石子"哗啦哗啦"落地。莫拉身上的重物一寸一寸地被挪动，最后重物整个被李加搬起，莫拉这才得以脱险，她侧过头，李加正把压住莫拉的罪魁祸首推倒，摔得四分五裂。

还真是块石板。

"我扶你起来。"

"不用。"莫拉说，她坐起身，稍微活动活动，活动肩膀时顿了一下——肩周处有点痛。还好，似乎没有受伤。

"你……为什么救我？"莫拉扭过头看着李加问道。

"……我不能看着你死。"

"死？"这个字让莫拉哑然失笑，他是在说捍卫者会死？捍卫者永远不死，只是对这个世界而言存在与不在而已，即使没有捍卫者，这个世界依旧有其方法捍卫秩序与规则。"你是在担心我会死？"

"嗯。"李加回答，眼睛直视莫拉的眼睛，瞳孔炯炯有神，十分坚定。

那个眼神让莫拉的心脏倏然一紧。

"等等，你的脚还被压着。"

"别动。"莫拉摇摇头。她摸了摸兜——摸不到钱包，不过好在钥匙没掉。她拽过李加的手，把钥匙对准了钥匙口，"咔哒"一声，李加手上的半圈金属落地。

"是手铐质量不过关,并非你挣脱的,懂么?"莫拉舒了口气仰面躺回原地,她打了个响指,手枪又出现在她手中,"而我作为捍卫者会向你射击,但是因为我肩膀受伤无法瞄准,脚被压住又没法追击,这样你就有了一个空隙……"

话已至此,大家都懂,没必要说得那么明白。

"谢谢你。"短暂的沉默后李加的声音出现在莫拉的耳边,"你的脚……?"

"我在瞄准。"莫拉说。

"我还能再见到你么?"李加问。

"呼!"莫拉抬手冲天开了一枪,子弹擦过李加的鬓角。火光照亮了一瞬,眼角能看的皆是横七竖八的石头和石板,"我说,再不走我不保证下一枪打中的还是柱子。"

"好吧。"鞋底摩擦地面的声音响起,微光映射在墙上的男人的身影转身,走在视野之外。

声音越来越远,直至消失。

"啪!"等了许久,莫拉抬起手又打了个响指,音波回荡传入她的耳朵。这次的声响音波反馈里只有没有生命特征的石头和灰尘。

四下无人。

莫拉重新坐起,又是一个响指,压住脚踝的石头应声而裂,李加也真是傻,捍卫者是被允许调用"指令"的,只要能打响指,世界都毁灭给你看。她把脚抽出来，笨拙地转动了几下脚踝——不痛，不过被压久了有点木。

"你为什么要放他走？"莫拉听见有人忽然问了她这个问题。

她没有惊慌。问问题的是依附在自己脑袋里的终端，平时负责撰写任务报告，制定莫拉的生活起居计划……用莫拉自己的话说："就像个烦人的老保姆。"

"为什么会放他走？"听到这个问题莫拉笑了出来。她站起身，抖落抖落身上的沙灰，开始朝向地下隧道的出口前进，"我说，你不觉得这么做很有人情味么？"

"人情味？"终端反问。

"他救了我，我放了他，人们都会说这很公平。"

"公平？莫拉你是不是脑子出了问题？你怎么就能确定这里的事故不是他特意制造的，目的就是为了让你放了他。你听他说话的语气，他根本就没有受伤。"

"我说你烦不烦啊。"莫拉拍了拍手打断大脑的话，"你就是个终端，有时间跟我在这叽叽歪歪不如想想怎么伪造报告。"

"伪造报告？"

"就是你每次在我任务结束后往上提交的那份成绩单，这回你就写未搜寻到罪犯就好。"莫拉边整理着衣领边说。

"那可是重罪！可你的语气轻松得像是让我把不要的文件扔进垃圾桶里。你凭什么让我帮你？"

"就算我不说你也会帮我，不是么？"莫拉头也没抬就不假思索地回答，"我们谁都清楚你终端是在我捍卫者出生的时候就被植入我脑中的程序，我们是共生体，捍卫者负责打击犯罪，终端书写报告整理情报。捍卫者如若犯错被勾除，那么终端也得被还原，我不想被勾除，你也不想被还原，不如互相帮助……你觉得呢？"

……终端缄默。

"你可从未做过这种事。"缄默片刻终端说出这句话。

"从未做过不代表不会做，你之前不也没伪造过报告么？"莫拉耸耸肩道，"这回你就得做了。"

"莫拉，你不会是喜欢上这个罪犯了吧？"

"喜欢那个罪犯？"莫拉差点一个趔趄摔在地上，"这辈子我喜欢的东西只有炒饭、番茄酱和鸽子……慢着，我说，你怎么会问这个问题？"

"因为你刚刚放走罪犯李加的时候心里活动和以往不同，我不清楚该怎么形容。简单来说就是：你刚刚心跳得厉害。符合爱情的心理活动。"

"我运动的时候也心跳得厉害。"莫拉反驳。

"的确。但是这次的心跳和以往你记录中的心跳又有微妙的不同，我说不出来这种差异。我只是一个终端。我可以帮你这一次，莫拉，但你得记住，你是捍卫者，是C、D、E、F区唯一的守卫，而他是信息罪犯，盗取信息无恶不作。你们之间的感情天注定，注定要你死我活。"

"没有其他结果么？"莫拉像是随口一提似的问了句。

"有。"终端冷漠的声音响彻了莫拉的大脑，"那就是你和他一起死。"

这一次莫拉没有作声，交谈的这一会儿她已经走出了地下隧道，此时已经是子时，隧道外也黑得像是浸了水的帷幕。莫拉抬起头，黑夜衬托得天上繁星如水晶般璀璨。

"所以，我才会问你，你喜欢那个罪犯么？"

"喜欢？"莫拉轻声反问了一句，星星点点的星光点亮了她的瞳孔。顿了好久，她才开口回答，"我说，我也不知道。你信么？"

"我信，"终端说。"因为从一开始你就在撒谎，你根本就不喜欢鸽子。"

……

◆2◆

和李加再次见面……或者说，强行偶遇，已经是三天后的事情。

见面的地点在F区的游乐园，当天莫拉巡逻的班就在那里。那时莫拉正倚着一根路灯杆舔着一支草莓冰淇淋，百无聊赖地看着在不远处铁轨上呼啸奔驰的过山车，耳边响彻着人们不知是惊恐还是高兴的呼号。

无聊得很，说到底F区的游乐园不过是一群平时亦步亦趋工作的人们来找刺激的地方。莫拉不用，也不感兴趣。她是这个地带唯一的捍卫者，负责C、D、E、F四个区全部的安保工作，抓犯罪分子的时候经常得上蹿下跳，有时候还得拔枪对射，本身的工作就比游乐园刺激得多。

一个大号的棕熊人偶出现在莫拉视野里，引起了莫拉注意。棕熊人偶不奇怪，这游乐园随处可见工作人员扮的棕熊，但只有这个玩偶手中捧着一束花，还一步一步向自己走来。

棕熊人偶走到莫拉身边，站定，俯下身用黑洞洞的熊眼看着莫拉。

眼前忽然出现几根白羽，莫拉顺着白羽抬头，原来是只白鸽，它扑棱几下翅膀从她脑袋上飞过，散落的羽毛便沿着摩天轮转动的弧度蜿蜒坠落。过山车再次俯冲过一个大坡，人们的尖叫声响彻云霄。

"终于找到你了。"嘈杂的尖叫声中莫拉敏锐地捕捉到了这句话。她把追着鸽子的目光收回放回到眼前，接着淡淡地笑了出来。

"你胆子真大，李加。"

那个棕熊已经不见了，取而代之的是穿着笔挺黑西服的李加。这回他把自己拾掇得干净利落，头发倒梳还喷了发胶油光发亮。

莫拉觉得他这身打扮帅极了。

"你今天这身打扮……"莫拉上下打量了一番后对李加说,"我说,你这信息大盗是不是盯上了哪位倒霉的魔术师?"

"瞧这话说的,我就不能是魔术师么?"李加笑着反驳。

"一个信息大盗转行做魔术师?你这跨度和我的终端一样大。"莫拉歪过头用右手食指点了点脑袋戏谑道,"我说魔术师大人,来放只鸽子我看看?"

"我说的都是真话。我之前没有做魔术师,只是我们生来都有自己必须要做的工作,而且不能不做,就如你是捍卫者,我是信息盗贼,我们就是为此而生……"

"也为此而死。"莫拉接过话头,淡淡的说出第二句,"所以,看样子你现在是不用做你那份工作了?"

"嗯。拜你所赐,我存在的记录被抹除,现在的我已经不是入侵这个世界的罪犯,只是一个没有记录的居民,我可以做魔术师,也可以继续做信息大盗。但我喜欢这里,并不想继续作恶。"李加说,"另外,我老早之前就想当一个魔术师。"

"那恭喜你哦。"莫拉倚回路灯杆,不冷不淡的回答,"我说,这次找我到底有什么事儿,魔术师大人?"

"没事就不能来找你了么?"李加笑眯眯地说,"上回我问你,我还能不能见到你,你冲我开了一枪。"

"你要是想,我可以再给你来上这么一下,在脑门的位置。"莫拉托腮微笑,"你就这么不怕死么?"

"死?"李加也微笑起来,"你是在担心我会死?"

莫拉撇了下嘴——这话她之前说过。她点头。

"你不会杀我。"

"哦？"莫拉再度歪过头露出有些许诡异的笑容来，"你怎么知道我不会呢？"

"我是魔术师李加，不是信息大盗李加。我想，捍卫者不会滥杀一个没有罪的人。"李加伸出手，伸到莫拉面前打了个响指，原本空无一物的手中忽然出现了一束花，"对么？"

"当然。"莫拉继续歪头道。她把一条腿缩回用脚尖点地，另一条腿斜着伸直撑住身体，双手抱怀，"捍卫者不会滥杀无辜，也不会冤枉一个好人，但你例外。我会盯着你，一直盯着你，只要你再做什么违法的事儿，我绝对……"

后半句话莫拉没有说出口，因为李加打断了她，用……接吻的方式。他把花儿竖起挡住了两个人的脸，然后在莫拉毫无戒备的时候吻了下去，数不清的气球突然出现在两个人的身边缓缓上升。

这个出乎意料的吻弄得莫拉心中一惊，瞳孔极速瞪大收缩变得锐利，而后慢慢软了下去。

最终，她还是没有拒绝。

清雅的香味四溢，是李加手中的花儿。这束花正是一开始被棕熊人偶捧着的那束，现在就凑在了自己鼻子下。莫拉心中颤抖了一下，那香味撩得她心中莫名地痒，她想起来上次地下通道里李加的眼睛……她甩开李加，后退了几步。

花,掉在了地上,莫拉,喘息得厉害。过山车又过了一圈,空气中多了些无法言语的味道。

李加。他也摸了嘴唇,一副回味无穷的样子。那副模样让莫拉有点生气……却又不知道该说些什么。

"你现在有理由了。"李加说。接着向莫拉走去,"袭击捍卫者,我给你这个理由,罪名当诛。"

莫拉先是一愣,之后"噗嗤"笑了出声,"我说,你这是在挑衅我么?"

"如果我是罪犯,我可能是在挑衅你。但我不是。"李加把花弯腰递给了莫拉,"我喜欢你,莫拉。从上一次见到你开始我就喜欢你,所以在塌方的时候我没选择逃走,而是选择救你……哪怕我会因此被你送去隔离。"

他的双眼一如既往地炯炯有神……噢!他的眼睛。莫拉感觉她的心里似乎有东西在融化,像春天里的冰雪慢慢消融,越来越多的暖意在其中荡漾着,越来越暖,亦越来越痒……

"可我讨厌你。"莫拉眨了眨眼接过花来,"就像讨厌鸽子一样。"

这句话出口的瞬间,莫拉听到大脑里似乎传来一声叹气。

"你讨厌鸽子?"李加反问道,"你刚刚说你想看鸽子的。"

"我撒谎了。" 莫拉歪过头冲李加会心一笑,"我说,去玩会儿吧?"

当天，两人一起坐了海盗船、过山车、跳楼机……在玩过近二十个刺激的项目后，两人决定休息一下，于是一起踏上了游乐园最古老的娱乐项目——摩天轮。

"旅途愉快。"工作人员面带微笑地为两人关门，机械臂启动，把一个个透明玻璃箱沿着弧形轨道送往高处。

待摩天轮慢慢移动到最高点的时候，时间已经不早了，顺着透明玻璃看去很容易看到垂落到了西边的太阳，散发出来得红彤彤的光顺着莫拉那如被大雨洗刷过的天空一样清澈的瞳孔流入其眸子里，撞亮了她秀气的眉梢，把她整个身体的皮肤映得接近透明。此时有白鸽划过天际，翅膀拍打"呼啦啦"的声音好像风中抖落的旗帜，散落开大片柔软的羽毛，那些羽毛在光晕中被染成五颜六色，如同更远的地方那破碎成七种颜色的云扉。

不知道，鸽子是不是自己刚刚看过的那只。

"喂，我说李加。"莫拉看着窗外托着下巴忽然开口。

"嗯？"李加转过脸搭茬。

"算了，没事……"你们之间的感情天注定，注定要你死我活。莫拉放下手，脑袋倚住了窗户，看向李加这边，眼神懒散，"能变只鸽子么？我想看鸽子。"

"今天出门忙，没准备鸽子，花儿行么？气球也可以。"

"不，就要看鸽子，别的都不行。"莫拉说。其实花儿也未尝不可，自己不过因为摩天轮太慢无聊想打发下时间，'就要看鸽子，别的都不行'，这么任性妄为的话一出口连她自己都吓了一跳——简直就像是个任性的小姑娘。

"真的没有准备鸽子……"

"你不是魔术师么?魔术师应该无所不能。"莫拉再度把眼神转向窗外,定定的看着远处的在彩色云扉间盘旋的那只白鸽,"我想看鸽子。"

小房间霎时陷入沉默,李加没有作声,莫拉也没有再开口,接着,一只手忽然出现在莫拉看鸽子的视野中,她愕然,是李加的手,肯定没错。

鸽子忽然朝这边飞过来,直直地降落在李加的手上。莫拉转过头看向李加,满脸都是震惊。李加收回手,鸽子站在他的食指尖,是一只翎下有一撮黑羽的白鸽,胸脯'呼哧呼哧'的剧烈起伏,小眼睛滴溜溜地转动,打量着眼前的两个人。

震惊了接近两分钟后莫拉才合拢了嘴。"你……"她想询问,但是说出第一个字就卡住了,因为实在不知道从何开始说起。

李加戳了戳鸽子的脑袋,鸽子不满的扭过头'咕咕'地抗议,撅起屁股冲向李加,"摸摸看?"李加把鸽子伸向莫拉。

莫拉伸手摸了摸,羽毛洁白柔软,手指触摸间还能感受到鸽子喘息抖动的身体和心跳与体温,她瞥了一眼窗外,那片云扉已经没了鸽子的身影——真是那只鸽子。

"你到底怎么做到的?"莫拉搓了搓鸽子翎间的毛问道。大概是感到了舒服,鸽子又向莫拉的手边凑了凑。"我是说你的手。"

"魔术师是无所不能的。"李加回答。

"连没有窗户的玻璃也能穿透?"莫拉瞥了一眼玻璃。玻璃毫发无损。

"每个魔术师都有自己的秘密。"李加狡黠一笑,"这个世界也是。"

"秘密?"莫拉瞥了李加一眼反问,后者在冲她微笑,笑得一如透过玻璃照射进来的阳光。半晌莫拉垂下头继续逗鸽子,"罢了……我只想看看鸽子。"

"我记得你以前不喜欢鸽子的,莫拉。"终端在这时候忽然开口。

"闭嘴。"莫拉说。

◆ 3 ◆

夜幕降临,路灯在李加和莫拉头顶亮起,他们昂起头看向来时的方向,因为同时亮起的还有背后游乐园摩天轮上的彩灯,那熏熏染染的光梦幻得犹如童话中以星为眸、以彩虹为食物的独角兽的背毛,绚丽、灿烂,又飘逸。

"我说李加。"莫拉转过头对李加说。说到这她低下头不再作声。

"什么?"见莫拉沉默,李加转回头反问。

"我明天在 D 区机场当班,那里人流混杂,我一个人感觉会很无聊……"莫拉抬起头,"你应该懂我的意思吧?"

"大概明白。"李加回答。

"那我说,我们就在这儿分手吧。"莫拉试探似的挥挥手冲李加道别,"明天见?"

"好吧。"李加冲莫拉打了个响指冲莫拉挥手,他背后缀满七彩灯的摩天轮在其挥手之间旋转了三度,一个小女孩站在摩天轮下冲妈妈嚷道要吃棉花糖,"总之,再见。"

"再见。"

莫拉又摆了摆手这才转身继续往前走去,不过身形稍微有些别扭,走得步子很慢,就好像一个怕黑的女孩独自走进黑暗,时不时还要回头看看李加的位置。李加没有动,他就微笑着站在原地看着莫拉的背影慢慢远去,消失在了一片黑暗之中。

"开心么?"

拐过一个弯后,终端的声音忽然出现在莫拉脑袋里。莫拉左右看了看,这条路上廖无人影,只有惨白色的路灯,还有绿化带里影影绰绰的树阴。

总之,没人,安全。

"开心?"莫拉反问。她立定,嘴不自觉地上扬了一个弧度,"你觉得呢?"

风轻抚树叶发出舒缓的"沙沙"声,风中裹挟着从背后而来的摩天轮上的音乐。这种问题还用问么?

"那么,你爱他么?"终端又问。

弧度终止,嘴角曲卷了下来。"爱?不爱?我说,这个问题有什么意义吗？"莫拉回答，"没有意义。我以前还不喜欢鸽子。"

"所以你在不确定自己感情的情况下就邀请一个罪犯陪你在机场当班？"

这话让莫拉感到一股气顶住了胸口，蔓上了嗓子，耳朵和脸上腾腾地热，心里莫名地难受、气愤："他现在不是罪犯。"

她一说话，周围的空气似乎都跟着降了温度。树叶的阴影在地上婆婆娑娑，每一片叶子都像是住了鬼。

"这不是理由，莫拉。"终端叹了口气，"罪犯就是罪犯。你应该明白，我们所有人自出生开始身份就已经确定，而罪犯就该被送去隔离。我已经允许你们相处一天……这场梦该醒醒了。"

"李加不需要隔离，他只需要一次机会。"莫拉握紧了拳头，"我说，就这一次。终端，我抓过那么多罪犯，没有一次失手过……但就这一次……你就当没看见，行么？"

"不行。"终端拒绝，冰冷又干脆，"这个世界本就没给过我机会，我也更没资格把机会给别人。我是终端，你是捍卫者，你抓罪犯，我书写报告，分工如此，也仅此而已。"

"混账！"莫拉狠命地咬了下嘴唇，剧痛压迫了她想打人的欲望，她踱步，感觉手和脚充了血，麻酥酥地胀痛，"那你想去抓那是你的事儿！我不去！"

"我给过你机会了。莫拉，现在转身还不算晚。"终端说，"只是隔离，至少他还能活着。"

"活着？"莫拉停步。"你是在担心我会死？"她忽然想起今天李加说的话，心里头有种不好的预感。

"你什么意思？"

"没什么意思。"终端冷冰冰的回答，"你去不去？"

"不去。"莫拉压住预感，鼻子呼出一声"哼"，迈开步子继续走。

"只是一个终端……它寄宿在我体内，没什么好怕的……没什么好怕的……"

但脚步骤然停止，莫拉向前迈出的脚僵在了空中，接着整个人直愣愣地倒在了地上，就像是发条拧尽的人偶。

"怎么……回事？"莫拉吃力地垂下头，她想动动手，可手脚……不听使唤？不！不对！身体里有一股力量在抢夺她的控制权！

终端！终端！莫拉想吼，想大声呼救，但是不行，嗓子的肌肉被强制封闭，中枢神经下达的命令被身体各个单位无视，相反却拼命地与思想背道而驰。

这是，红色权限？！

"我说过，我给过你机会了，莫拉。"莫拉听到自己的嘴在说话，"可是你没有选。"

是终端做的！这个混账！它居然启动了红色权限！

"你没这个权限！你没这个权限！快离开！否则你会被还原！你难道不怕被还原吗？！"莫拉在脑中冲终端大吼。

"不，我有这个权限。"嘴唇一开一合，吐露出的声音让莫拉又熟悉又恐惧，"有人给了我这个权限。"

"谁？"莫拉问。双腿屈伸，颤抖停止，腿已经失去了控制，体内抵抗的力量越来越弱。

"执行官。"终端回答。

"执行官？"莫拉反问。双手也停止了颤抖，沦陷，接着是胳膊，再是手臂。莫拉眼睁睁地看着自己的双手撑着身体一点点站了起来，可她根本就没有想起身的欲望。

视线摇晃，平齐的地平线在莫拉眼中分裂成了三条，身体与思想分离开让莫拉觉得恶心，迫切地想要呕吐，但喉头硬是抑制住了胃里翻涌上来的秽物。

全身的颤抖戛然停止。莫拉"茫然地"向四周看去，右眼瞳孔忽地放大又缩小，接着淌下了一行清泪——全身上下她现在只能控制自己的右眼。

"你不需要知道他是谁。"莫拉（终端）说，边说边把手放在眼前，正反都看了看，"总之，我是为了你好。"

随即"莫拉"放下了手，她转身，踏出了一步。

这一步"莫拉"的脚底出现了一丛黑暗，深不见底，暗不可测……不，与其说那是黑暗，那更像是一道沟壑、深渊……这道沟壑顺着"莫拉"踏出的那一步急速扩散如同黑色蛛网般。

大地沿着这步脚印绽开了无数裂纹，裂纹越来越远……越来越远……

"咔嚓"，清脆的声音悄然探入耳朵……而后世界怦然碎裂，就像是一面镜子被飞驰而来的棒球蓦地击中，稀里哗啦地支离破碎。放眼看去天地只留下分不清左右上下的黑，还有无数绿线与红线交织成的格子……

再加上远处皱紧了眉不知所措的李加。

莫拉心头一紧。

"莫拉？"右眼中李加冲莫拉招手，"这是怎么回事？"

"快跑！快跑！"大脑里，莫拉拼命地冲李加喊，"快逃啊！它会杀了你！它要杀了你啊！"

"聒噪。""莫拉"说，接着微微笑了一下，向李加走去。两字吐出后，莫拉便感意识困乏。混账终端最终还是没放过大脑，入侵已经开始，困乏只是个开头，之后她会彻底失去意识，身体终将属于另外一个人，由内而外，彻彻底底。

视野愈加模糊，但还看得清楚李加的轮廓在眼中越来越大。"快跑啊，你这个笨蛋，快跑啊！"

意识……还在消散，心头愈发地酸紧，只是压不过这如山洪一般倾灌而入的睡意。

大脑……麻木。

"我说，晚安，亲爱的。"莫拉听见嘴唇说，与此同时，右眼中仅存的视线只能看到一篇模糊的雾，片刻后那片雾似乎变得有些红。

右眼流出的眼泪愈发汹涌，心口痛得仿佛有一颗汲血的种子在那里发了芽。

"做个好梦。"在意识彻底破灭前,莫拉听到自己在喃喃。

尾声

清晨的阳光不算刺眼,太阳从东方天际升起。在日光俯照中,整个城市又如机器般开始旋转,齿轮校准吻合转动,几乎是在同一时刻,大大小小的黑色人流从一栋栋的房子里走出,汇入更大的人流里走向更远的地方,进入另一栋房子。

有风从洞开的窗户溜进了莫拉的房子,轻轻地抚摸着她的脸,伴随着的还有终端冰冷的机械音,提醒莫拉今天要去机场巡逻当班。

其实莫拉早早就醒了,醒来后一直抱着膝盖呆坐着。脑中终端已经提醒了她很多次,但是她还是没有反应——不知为何她的心在隐隐作痛。

可到底是为什么?她不明白。

"到底发生了什么?"莫拉忽然轻声开口。"我的心,感觉……和以往不一样了。"

"你最好不知道为妙,就当什么都没发生,一切照常。"终端回答她。

"为什么?"

"不为什么。"

"不为什么?"

……

恰巧有'咕咕'的声音切断了莫拉和终端的交流,从窗户那边传来,是一只鸽子,站在了窗户的棱格上歪着脑袋看着莫拉'咕咕'直叫。

莫拉好奇地伸出手,鸽子便也乖巧地飞下来,飞到了莫拉的指尖,小脑袋直蹭莫拉另外一只手。

是想让自己摸吗?于是莫拉搓了搓鸽子翎下的羽毛……奇怪,自己应该不喜欢鸽子的。

搓着搓着莫拉瞥见鸽子翎下羽毛间好像隐藏了一抹黑羽……黑羽?

"噗通!"看到那一抹黑羽的一刹那,心脏忽然剧烈地跳动了一下,剧烈到莫拉能清楚地听到体内传来的巨响,震动牵扯其周边四通八达的血管,剧痛顺着血液向四面八方扩散,痛得仿佛要裂开。

莫拉被这突如其来的剧痛击倒在床,鸽子'咕咕'地飞离莫拉的手。她下意识用摸鸽子的手捂住了心脏,剧痛,疼痛逼迫她的大脑高速运转,所有的回忆在这一瞬间全部涌上心头:全是关于工作和巡逻方面的,没有什么异常的画面。

但疼痛并不妥协,它加剧了痛感,好像在扯着莫拉的耳朵冲她更大声地嘶吼:"你到底做了什么?!你想想你到底做了什么？！"

  但莫拉也不知道自己做过什么。巡逻？抓罪犯？送去隔离？都很正常，她做了什么？她到底做了什么？她不知道……她不知所措……只是心里越来越痛。

  "咕咕。"鸽子再度出声，扑扇着翅膀飞走了。

  听到翅膀拍打空气那"呼啦啦"的声音时，心脏停止了剧痛，右眼却不自制地流出了眼泪，鼻子酸酸的。

  莫拉重新坐了起来，但又立马倒在了床上，她捂住了脸，眼泪顺着指缝汹涌而出染湿了床单，喉头哽咽。她很想放声大哭却也找不到原因，只觉得莫名其妙的悲伤好像在心底酝酿了几百年几千年，最后在今天迸发出来，想哭的感觉如同溺水一般。

  肯定有什么东西丢了，被自己忘记了。而那东西本来应该被自己锁在柜子里，或珍藏在时间胶囊里，或埋藏在心里，指着天、踏着地命令全世界都帮你把东西记住，无论如何都不能失去。

  可她忘记了，东西已经失去了。现在她心里空荡得如同纯白色的纸张，上面斑斑驳驳，洒满了泪滴。

  片刻后，莫拉又抬起了头，她咬了咬嘴唇，被泪水模糊的瞳孔里多出了一份东西，很硬很硬。

  随后她站了起来，从门口冲了出去。

  要找，一定要找到。

  哪怕一遍一遍地找遍整个世界！

男人怒气冲冲地走进了店铺里，他把黑色的笔记本电脑包放在桌子上，然后一拍桌子冲坐在电脑前的工作人员大吼："你们到底动了我电脑的什么东西？！"

前台接待的漂亮姑娘见怪不怪，这些人就这样，自己回家把电脑又弄坏了就会怪到修电脑的头上："先生您好，您的电脑出了什么问题了？"她微笑着问。

"你还问我？！只要我一打开电脑接通电源，这个该死的杀毒软件就一直全盘扫描一直全盘扫描！昨天我在你们这做了一次杀毒之后就开始这样！我什么都操作不了什么都操作不了，只能拔掉电源！可是再打开还是这该死的全盘扫描！它简直疯了！它疯了！"男人拍桌愤怒地大喊。

看来这次不是他自己弄坏的："好了我知道了。"漂亮美眉继续微笑地说，"很抱歉给您带来了困扰，您先把电脑放在这里一天，我们来帮您解决。"

或许是美女的力量让他平静下来，亦或许只是虚张声势让商家引起重视，最后男子点点头同意离开，并没有大肆发火。

男子走了之后坐在办公室最前边的男子拿着纸杯走过来，他戴着眼镜穿着黑色马甲一副技术宅的模样，他拍了拍漂亮美眉的肩膀，说："让我来看看吧。"

漂亮姑娘把电脑递给他，毕竟专业的东西还是得交给专业的人。

"这是杀毒软件的程序出了些问题。"果然，技术宅敲击着电脑，几下就找到了原因。

"要怎么办？"姑娘问道。

"简单。"技术宅轻松地打了个响指，"用安全模式进入，然后卸载杀毒软件就好了。"

"嗨，你不早说，我还让那人等一天再来拿电脑。"姑娘小声嗔怪技术宅，看上去和技术宅关系不错。"哎不过，你说一个杀毒软件的程序……能出什么问题啊？"

"被病毒反感染了呗。杀毒软件有时候内核程序会被病毒反植入，我之前也遇到过。"技术宅在办公椅上伸了个懒腰伸直了腿打着哈欠回答，"说来这台电脑的病毒可鬼呢，昨天为了隔离那个金融木马我粉碎了它存在区域的源文件，可杀毒软件报告说未发现病毒，我还以为病毒被一起粉碎了呢。结果这病毒消停了几个小时后居然篡改了F区的'glass'文件，一盗窃病毒居然敢篡改文件？！那我就不客气了，直接用杀毒软件顶级红色权限杀了它。"

"哦！"姑娘应声便不再说话继续看，看了一会她感觉无聊起身也伸了个懒腰，"你慢慢弄吧！我去茶水间打点咖啡，用帮你带点什么回来么？"

"一杯咖啡，不加糖。"技术宅回道。

"奶呢？"

"不要。那东西就像爱情，太甜了。"技术宅转过椅子面对美眉装模作样地说，听起来还像那么回事，"有些原本不可能甜的东西不如就让它这么苦着，大家皆大欢喜。"

姑娘撇了撇嘴，走出办公室，高跟鞋踏在走廊大理石地面发出"咯哒咯哒"的声响,越来越远。

美眉走后,技术宅把注意力放到这台笔记本电脑上。好在并不难,就像他说的:"让电脑以安全模式启动,把杀毒软件卸载就好。"

安全模式开启,电脑界面展现出来。

杀毒软件还在进行全盘扫描,不过安全模式下并不影响鼠标操作,他移动鼠标让光标对准右下角的杀毒软件,右键点击,一个红框跳了出来。

请确定您要卸载该杀毒软件么?若卸载,您的电脑将会暴露在风险之中。

确定。

蓝调 AI 特辑

AI 困境

文 / 蓝调

救人 —— 奇怪的吉姆

　　大家都恨吉姆，自从他搬进这栋公寓楼以后，原先安宁的日子就不复存在了。吉姆刚刚搬进来的时候，大家全都被他看似无害的外表欺骗了：个子不高的他看上去只有十五六岁，圆圆的脸庞上，一双大大的眼睛总是好奇地东瞅瞅西看看，看到任何人他总是露出一副傻呵呵的笑容和那一口整齐的有些诡异的雪白牙齿，大家都好奇他为何会孤身一人，他的父母或者亲属都去哪里了？就是这样看上去可怜的人，谁也没有想到日后会变成一个招人恨的主，更没有人想到他会救了所有人的命。

　　在相安无事中度过了一个月，首先倒霉的是住在吉姆隔壁的古斯老爷子。吉姆住在一楼走廊尽头的公寓里，楼上的公寓空置多年没人居住，这样就只有古斯老爷子和吉姆相邻。老旧的公寓楼隔音不好，只要稍微有大一点的声音，隔壁都能清清楚楚地听到。最初的一个月，吉姆房间里静悄悄的，静得似乎没有人在里面居住。可是有一天深夜，吉姆的房间里突然响起了电视机的声音，显然音量被调到了最大，伴随着电视的声响,时不时还会爆发出阵阵笑声。忍无可忍的古斯老爷子拄着拐杖颤巍巍地敲开了吉姆的房门,站在门口的吉姆一脸傻笑地看着古斯老爷子,老爷子对他表达了不满,吉姆似乎也很听话,他关掉了电视机的声音,古斯老爷子以为这就没事了,可当他躺在床上准备入睡的时候,吉姆那肆无忌惮的大笑声在一片寂静中突然爆发,把古斯老爷子吓得几乎从床上跳起来。之后古斯老爷子又去找过吉姆,但是怎么劝诫都没有效果,吉姆的笑声总是在你最不经意间突然响起。这神出鬼没的笑声贯穿了整个夜晚,直到第二天吉姆出门才停止。古斯老爷子找来了警察,警察进到吉姆的房间里一看,只有那么一台没有声音的电视在播放着无聊的广告,而就是广告也能让吉姆大笑起来。警察对吉姆也没有办法,毕竟他没有违反任何一条法律。这样折腾了一个月,古斯老爷子终于没有挺住,心脏病发作住进了医院,出院后就没有再回来,逃去和儿子一起住了。

就这样又过了一段相对平静的日子,直到有一天公寓的居民发现自己晾晒的衣服开始莫名其妙地失踪,而后过不了几天又会失而复得,完好无损地挂在原来的位置。偶然间,有人看到深夜里爬在外墙之外的吉姆正把一件衣服往别人家的晾衣架上挂。就这样,消息传开了,吉姆可能是个精神病人!从此人们不敢再把衣服晾晒在窗外。因为没有什么损失,大家也就没有报警,只是自此以后见到吉姆都会远远地躲开。

可是事情远远没有这样结束,公寓楼里面的居民关系都很好,时常都会到彼此的家里做客。有一天,住在三楼的史密斯女士听见有人敲自己的房间门,开门以后发现是吉姆站在门口,正要询问吉姆有什么事情，吉姆却径自走进史密斯女士的房间，一屁股坐在客厅的沙发上。这一举动着实把史密斯女士吓得不得了，她逃出房间，找来邻居，大家涌进史密斯女士的房间，这时的吉姆只是傻傻地看着大家露出他标志性的笑容，而后说了一句："我是来做客的。"

从这以后，吉姆会隔三差五地来这么一出，最后搞得大家听到敲门声都不敢轻易开门，也不敢询问是谁，而是先从猫眼看清楚是谁再开门，可是后来吉姆学会了堵着猫眼，这一招也不管用了。

慢慢地，吉姆成了整栋公寓楼居民的公敌，人们不但疏远他，还开始憎恶他。可是吉姆好像什么也没有感觉到，依然见到任何人都会傻傻地微笑，用他那天真无邪的大眼睛紧紧盯着你看，盯得你心里直发毛。终于有一天，吉姆被警察带走了，原因是吉姆摸了住在五楼的爱丽丝女士的胸部，警察赶到的时候，爱丽丝的男友正用棒球棒狠狠地朝已经倒在地上的吉姆猛抡。大家都以为这个精神有问题的坏小子不会再回来了，可是没多久吉姆还是回来了。

就在吉姆回来的第二天深夜，爱丽丝喝醉了酒的男朋友带着一桶汽油闯进了吉姆的家。他把汽油泼在吉姆的客厅里，点燃了汽油。火势很猛，很快就失去了控制。爱丽丝的男朋友看到自己铸成了大错，吓得逃之夭夭，把自己还在熟睡的女友留在了公寓里。正值深夜，居民们都已经沉沉入睡，睡梦里突然有人把他们从床上抱起来，没等他们清醒过来，就发现自己已经来到了街道上,呆呆地站在大街上。居民们这才发现眼前的公寓楼已经冒出了浓烟,火苗从窗户里窜出来,在黑夜里疯狂地扭动着。在火光映照下,吉姆那小小的身影又飞快地冲进公寓楼。人们这才惊醒过来,大声惊呼起来,忙着呼救,忙着报警。公寓楼是木质结构,大火很快就吞没了整个公寓楼,陆陆续续有人被吉姆从火里救出来,大家清点着身边的人。突然有人问怎么没看到爱丽丝?这时大火已经彻底封住了公寓楼的入口。吉姆看了看身边的人们,傻傻地一笑,又一次冲进了火里。过了好一会儿大家都没看到吉姆出来,这时公寓楼的屋顶在一阵噼啪声中倒塌了,正当人们以为爱丽丝和吉姆没救了的时候,突然吉姆抱着爱丽丝出现在五楼的窗口,只见吉姆纵身一跳,在人们的惊呼中,抱着爱丽丝稳稳地落在地面上。

眼前的吉姆全身上下已经烧得焦黑,但是他依然傻傻地朝着大家笑着,露出那一口雪白整齐的牙齿。公寓楼终于没有挺住,在消防队赶来之前,就轰然倒下,变成了一片还在燃烧的废墟。令人惊奇的是,里面的居民无一伤亡,只有吉姆被后来赶到的一辆车拉走了,奇怪的是这辆车并不是救护车,车身上印着一行大字:"超智"人工智能有限公司。

脚趾与剃刀 —— 虚拟干扰现实

一道闪电划过紫红色的天空，撕裂了空气，瞬时照亮了孤立在山巅之顶的一处高地。高地四周是深不见底黑黢黢的深渊。高地上，两个人正相向而立。闪电过后，滚雷轰然而至，其中一人借着雷声的气势，脚尖轻轻点地，手中利剑向前，迅速刺向另外一人。另一人也不躲避，眼见利剑刺穿了他的身躯，此人却恍惚间消失不见。正当攻击方愣神的功夫，被刺的一方已经瞬时出现在他的背后，只见他轻巧地举起一掌，向着还保持着突刺姿态的攻击方后脑猛地一拍，攻击方重重地扑在了地上，不再动弹了。

一片黑暗，只有一行大字不断闪动：You're dead. 龙少摘掉面罩，狠狠地把它摔在地上，面罩在地上摔成了零件，这是他这个月摔坏的第三台 VR（虚拟现实）面罩。他又失败了，又要从头再来。恼人的不是还要花费金钱购买装备，也不是需要花费时间收集经验，而是现实里金钱可以买到的"胜利"，在虚拟世界中买不到。

龙少关掉移动地板（可以随着人走动而全向活动的设备），摘掉身上的助力绳（悬吊设备），脱掉反馈手套，走到不远处的沙发前，颓然地跌坐在里面。他想不通，他拥有世界上最先进的全套虚拟现实接入设备，是"魔法世界"公司特意为他私人定制的设备，却无法打败可能是某个穷小子，在不知哪间肮脏的小屋里用最廉价的设备操纵的虚拟人物。龙少试图联系过那位玩家，想让他把"骑士行会"的头把交椅卖给他，可是所有的询问都石沉大海。他只能在"魔法世界"里一遍又一遍地尝试发起个人挑战，可得到的只有一次又一次的失败。

龙少觉得有点腻歪了，他想着放弃算了，换一个其他虚拟现实游戏也许更爽一些。他无聊地掏出手机，点开"魔法世界"官方论坛的网页，醒目的位置上，大大的标题刺痛了他的心——"巅峰对决！骑士行会会长，再次捍卫自己的位置！"龙少不屑地啐了一口吐沫。这时，一条私信引起了他的注意：想要打败骑士行会会长吗？请来女巫森林44号。

是个恶作剧吗？龙少心想，但是又如何呢？不妨去看看。想到这里，龙少从沙发里跳起来，找来一台新的VR面罩，穿戴整齐，重新接入"魔法世界"。

用游戏币胡乱买了一点基础装备后，龙少出发前往女巫森林。女巫森林是私人玩家自主建模的免费私人空间，自然没有官方建模那样精细和专业，说是森林，其实就是一间间用不同材料搭建起来的活动板房，参差不齐地聚集在一起，让人联想起真实世界里的贫民窟。这里的天空总是暗沉沉的，呈现一片暗灰色。龙少在昏暗的小巷里深一脚浅一脚地前行。好在有寻址程序，要不然一辈子也休想找到你想要去的地方。四下无人，小巷里出奇地安静，可是龙少总觉得有一双双红色的眼睛透过暗影看着自己，他不禁打了一个冷战——真是个糟心的地方。

拐过一个弯，程序提示，女巫森林44号到了。龙少推开一扇像是用木头做成的门。开门的吱呀声回荡在房间里，让人觉得奇怪，从外边看上去矮小的板房，里面居然有这么大的空间。龙少往里走了没几步，一个声音从房间深处传来，听上去尖锐刺耳："您来了，我等您好久了，嘿嘿嘿！"

龙少只觉得鸡皮疙瘩密密麻麻地从他的全身钻出来。他努力想要找到说话的人。一团火苗在黑暗里燃起，照亮了说话人的脸。她脑袋狭长，惨白色的面容呈钩状，鼻子很长，向前凸起，鼻尖弯曲着，垂在干裂的嘴唇上。一双贼溜溜的小眼，几乎看不到眼白。她戴着一顶大到夸张的女巫帽，帽尖和她的鼻子一样折到一边。那火苗就跳动在她那干柴一般扭曲的指尖上。看到这幅尊荣，龙少转身就想走，恐怕没有比这更丑、更怪异、更让人心生厌恶的相貌了。

"你是谁？你怎么知道我的？"龙少颤颤巍巍地说。他感觉自己快哭了。

"哎哟，魔法世界里谁不认识您啊！屡战屡败，屡败屡战的阔少爷。嘿嘿嘿！"女巫笑着说。

"你这穷鬼，轮不到你嘲笑我！"一股莫名的怒火烧上龙少的心头，他几乎失声地大喊道。

"哎呀呀,别生气啊!开个玩笑,您不是想找到打败第一骑士的办法吗?我这里有个法子。"女巫依然乐呵呵地说道。

"你真的有?"

"谁要骗您呢?对我而言又没啥好处。您既然感兴趣,我就给您看看。"女巫一边说着,一边用她那长得离奇的指头从怀里捏出一个瓶子来,瓶子里有一些黑色的东西在蠕动。

龙少定睛观看,看清了瓶子里的东西,那是一些类似蜘蛛的黑色小虫。龙少恶心得差点吐出来,他猛烈地咳嗽了几声。

"把那玩意儿拿开,真他妈恶心!"龙少尖叫道。

"您可别小瞧它,它能瓦解虚拟空间代码。"女巫收起瓶子。

"那是非法的!"

"您想要赢不是吗?"女巫反问道。

"你为何要找到我?"

"您和我有共同的利益。我要那骑士的某几样东西。"女巫慢慢地说。

"你为何不自己去?"龙少突然觉得自己正落入某个陷阱里。

"您知道,我这身打扮不方便抛头露面啊!被网监逮到就会被注销账号。"女巫冷冷地说。

龙少知道自己碰上了一个货真价实的虚拟灰客,他们专门利用虚拟世界做一些非法的数据交易。

"您到底要不要呢?不要的话,我另寻高明了,没想到您只不过是个怂蛋,货真价实的失败者。"女巫不耐烦了。

一股怒火又冲上龙少的脑子:"多少钱?开个价!"龙少恶狠狠地说。

"不要钱!"

"那你要什么?"

"刚才不是说过了吗?我只要他身上的两样东西。"

"虚拟的东西,你要来干嘛?"龙少不解地问。

"您到底要不要!"女巫没有回答龙少的问题,厉声说道。

"你要什么?"龙少彻底放弃了抵抗。

"他的一只眼球,和一只脚趾。"女巫说。

"什么?"

"您就别那么多问题了,总之您考虑考虑,今天晚上,我知道那骑士不会下线,会待在他自己的小屋里,如果您想要成为胜利者,那么就按照我说的做。"女巫说。

"好吧!成交!"说完这句话,龙少觉得自己像是泄了气的气球。

下了线,龙少冲进卫生间,拼命地洗着手,仿佛现实里他也触碰到那瓶致命的虫子一般。晚上的行动听上去像是一场暗杀,但是还有什么事情既不触犯真实世界法律还能比这虚拟暗杀更刺激的?他花那么多钱在"魔法世界"上,不就是为了得到刺激吗?

时间很快过去,到了约定的时间,龙少最后一遍检查了自己的装备,忐忑不安地上了线。

按照女巫的指示,他来到一座小镇。这是"魔法世界"里无数城镇里最不起眼的一座,风格一致的建筑没有什么特色,四周的景色是一片一成不变的稻田,没有山,没有水,这里的租金一定低得吓人,那骑士果然是个穷鬼,龙少心里又生出不少优越感来。他在单调的街道上没走多远,就来到了骑士的屋子前。龙少突然有点后悔,他止步不前。这时女巫的声音在他耳边响起来。

"您不会打退堂鼓了吧!"

"你在哪儿?"龙少紧张地四下张望,并没有看到任何人,"你到底在哪儿?"

"您就别管我在哪里,您知道干我们这行的总有些手段。到眼下这节骨眼,您可不能放弃啊。这对你我都没啥好处!"女巫的话里带着威胁。

龙少知道他们之前的谈话一定被女巫录了音,虽然被举报最多是注销账号,然而如果事情一旦被捅到狗仔那里去,一直反对他玩虚拟世界的父亲一定不会轻饶了他。索性一不做二不休,把事情干到底。

"我现在要怎么做?"龙少嗫嚅着。

"很简单,我给您的瓶子带了吧?"

"带了,在这儿。"龙少用两个手指把瓶子从背包里夹出来,尽量远离自己。

"很好,您进屋以后只要打开玻璃瓶,代码就会自动执行。屏蔽掉系统的监控,那骑士的特殊能力也会消失不见,会和普通人一样,任您宰割。您只要按照指示,拿到一把剃刀,记住,只有这一把剃刀才能从虚拟人物身上切下代码块。您把切下的脚趾和眼球带到屋外即可。剩下的,您就享受您的胜利即可。"

龙少小心翼翼地推开门。门没有锁。他进到屋里,没敢往里走,就在走廊里把瓶子放到地上,轻轻旋开瓶盖,那些小小的黑色蜘蛛迅速地从瓶子里涌出来。龙少跳到一边,看着它们消失在黑暗里。不一会,龙少突然觉得身子一沉,一个趔趄险些跌倒,好像自己的身体变重了。他知道一定是代码起作用了。他小心翼翼地往房子深处走去。房子的布局似曾相识,却又怎么也想不起来在哪里见过。根据女巫的提示,他在走廊尽头一个小房间的壁挂的柜子里找到了那把闪闪发亮的剃刀。他握着剃刀穿过一个大厅,找到了骑士所在的房间。房间里,骑士正躺在一张老式木质卧床上呼呼大睡。龙少觉得奇怪,很少见到玩家控制的虚拟人物在"魔法世界"里睡觉。这可能也是代码的作用吧!

龙少悄悄走近卧在床上的骑士。是那张脸,他不会忘记,多少次都败在他的手下。龙少想要把他叫醒,来一场一对一的较量,转念一想,既然已经做了弊,干嘛还那么虚伪,简单利索点好,他抄起床边柜子上一个花瓶状的物体,猛地砸向骑士的头部。

十几分钟以后,龙少拿着骑士的脚趾和眼球出现在房子门口。他一点也没有害怕,那两样东西就和橡胶做的一样。

龙少的父亲住院了。他少了一只眼球和一只脚趾,是被亲生儿子用自己刮胡子的剃刀割下来的。同时龙少父亲公司的保险库也神秘失窃。没过几天,一份关于他在城市工程项目中行贿的证据出现在警方的邮箱里。龙少父亲因此破产了,而龙少则变成了一个穷光蛋。

AI困境 —— 机器人立法难题

当西方褪去最后一抹晚霞,黑暗交给了各色人造灯光去安抚,城市又进入生命中的另一个轮回。熙熙攘攘的人群挤满霓虹满布的闹市,喧嚣声不绝于耳。这是城市夜晚的沉重呼吸。

在琳琅满目的店铺之间有一间午餐店,一块不大的招牌挤在周围巨大的被霓虹灯包裹的广告牌中,让小店显得既小又寒酸。虽然是晚间,小店依然开着门,这时间店里唯一的长柜台前只坐着一位顾客 —— 一个看上去四十几岁的中年妇人。她默不作声,低头自顾自地吃着手里的汉堡。店里唯一的女招待,同时也是店老板,正站在柜台里,用一块抹布仔细擦拭着手里的玻璃杯。

随着铃铛清脆的响声,店门被推开,一个人从外面风风火火地大步走到柜台前,把手里的公文包往柜台上一拍,拉过一把高脚凳,坐在了柜台前。

女招待放下手里的杯子,笑嘻嘻地对着来人说:"今天来点什么?我们年轻有为的法官大人!"

"两个特大超辣鸡肉卷,一杯鲜橙汁。"来人声音干脆,彰显着一股雷厉风行的气质。

女招待转身走进柜台后的小厨房,没过五分钟,手里端着盛了鸡肉卷和橙汁的餐盘重新走出来。她把餐盘放到年轻法官面前。

"又有什么棘手的案子了?好久都没见到你来光顾了。"女招待半开玩笑半认真地问道。

来人是这座城市法院的法官,在当法官之前就经常光顾这家小店。他有个习惯,就是遇到烦心的事情,总喜欢到这里点上两个特大超辣的鸡肉卷,一边辣得直流汗一边对着老板发泄心里的苦闷,之后一身轻松地回家睡觉。

"是有件比较棘手的案子。"年轻法官说罢,拿起鸡肉卷狠狠地咬了一大口,很快,眼泪从他眼里喷涌而出,和鸡肉卷里挤出来的辣椒酱一样。

午夜的工厂区一片漆黑。黑暗里,一个身影急匆匆地前行。走了一会儿,身影警觉地转头看看身后,她似乎察觉到有人在跟踪,不禁加快了脚步。不远处就是稍稍繁华一些的街区,到了前面的公共汽车站她就算安全了。

灯光越来越近了,她几乎小跑起来。突然她被什么绊了一下,重重地摔在地上。她痛苦地用手撑起上半身,一只手猛然间出现在她眼前。

"女士你不要紧吧?"

女人抬起头,站在她身前伸出一只手的是一个流浪汉打扮的人。女人没有让那人帮她起身,而是自己从地上爬起来,顾不得疼痛,一瘸一拐地继续向公共汽车站走去。

很快,她走到公共汽车站。虽然站上一个人也没有,但是女人还是长吁了一口气,因为她知道这里有公共安全系统。她坐在公共汽车站站台上的长凳上,用手揉着磕伤的膝盖。

这时,刚才出现的流浪汉走了过来。他没有靠近女人,而是稍稍离开一段距离站住了。

"女士,你看,我这样一个无家可归的人,你能行行好,给我几个信用点吗?"流浪汉怯怯地说道。

女人嫌弃地看了看他,也没说话,把头转向一边,仍旧揉着自己的膝盖。

流浪汉就那样站着,也不再说话。过了好一会,可能是觉得流浪汉站在那里太碍眼,女人终于忍不住开口说话了:"我怎么给你?"

"您真好,转到这里就好。"流浪汉一边说着,一边从褴褛的外套口袋里掏出一个老式手机,向女人靠近了几步,把手机递到女人眼前。

女人看了看流浪汉手里屏幕碎了一角的老式手机,嘴角翘起,露出不屑的神色:"这东西还能用吗?有 Gifi 吗?有三维投射吗?"

"有的,女士,您行行好!"流浪汉嗫嚅着。

"那好吧，我给你转点。"女人不耐烦地说。

"您真好！"流浪汉赶紧打开了手机上的三维投射，一个蓝色立体的三维码出现在手机上方。

女人转过头盯着三维码，稍稍过了几秒钟，女人说道："好了，给你转了，足够你吃一顿不错的大餐了。"

"真的谢谢您啊！"流浪汉脸上露出了诡异的笑容。

"那么请你走。"女人正要下逐客令，却呆呆地僵在原地，流浪汉转身向黑暗的工厂区走去，女人也慢慢站起身，僵直地迈着步子，跟在流浪汉身后，不一会儿，他们就消失在黑暗里。

"强奸案？"女招待不解地看着年轻法官："这案子应该不难判吧！人类自从有了现代法律体系，保护女性条例就写入了法案。经过几百年的发展，为了惩罚那些胆敢越界的男人，人类甚至还发明了化学阉割，我虽然不是女权主义者，但我支持从严处罚这些无耻的男人。"

"可是，你要知道，这案子可没那么简单。"

年轻法官正要继续说下去，身边的那个中年妇女说话了："化学阉割怎么足够，要惩罚那些男人，最好的办法是'思想阉割'，把情欲从他们的内心中彻底清除。你看，我就是新女权主义组织的成员，我们正准备向政府请愿，希望政府执行我们的方案，看看这个世界被那些满脑子色情的男人搞成什么样子了！"

年轻法官和女招待面面相觑，一时间不知道该说些什么。

中年妇女继续说到:"看看这些年臭男人们都发明了什么?机器妓女!他们已经不满足于把他们的淫欲发泄到我们女人身上,现在又搞起了机器玩意儿,真是堕落啊!要是真有上帝,就应该一把火烧了这些男人。"

"女士我对您的言论虽然不敢苟同,但是我确实也不支持目前社会上的一些现象,但是没必要因为这些现象而牵扯这么广。"年轻法官有些尴尬地搭话。

"那么你有什么高见呢?"中年女人转过身,瞪大了眼睛看着年轻法官。

年轻法官被她这样一瞪,心里面有点发毛,自古以来女权主义者都不是好惹的,他要赶紧转移话题才好:"我只是一个法官,我只能按照法律规定的条例办事,你看我说的这件案子,可能和您说的现象有些沾边,所以才让我很为难。我无意冒犯,您如果有兴趣的话,等我把整个案子说完,您再来提一提您的意见,或许对我也有莫大的帮助。"

中年妇女情绪缓和下来,她缓缓地说:"那么您说说看吧。"

年轻法官拿起橙汁喝了一大口,长长地吁了一口气,然后说道:"受害人是在工厂区的一片空地被人发现的,起初没有人当一回事,受害人所属的公司一开始认为只是普通的故障,最严重可能是客户使用不当导致的损坏,但是后来检查数据时发现,虽然主数据体的数据被人为擦除了,但是受害人的眼睛缓存里,还是留下了一些嫌疑人施暴的影像。"

"我有点糊涂了,什么公司,什么眼睛缓存?"中年妇女困惑地看着年轻法官。

"女士,受害人就是你所说的,呃,我们叫'性爱机器人'。"年轻法官说。

"这真是无稽之谈,那么这怎么能称为强奸案呢?"中年妇女刚把话说出口,就发现有些不对,尴尬地拿起身边的水杯,喝了一口。

"这也是问题所在啊!我也正为此犯愁呢!被害人的所属公司坚持要以'强奸罪'起诉被告人,而被告却坚持认为,自己只不过非法使用了一台机器。关于他们各自的说法,您支持哪一方呢?"年轻法官说。

"呃,那只是一台机器吧?"中年女人嗫嚅道。

"它们可是具备了高度的人工智能程序,而且拥有人类几乎所有的感官。它们除了在所有权上属于它们的公司,几乎是以普通人的身份独立生活在社会上,它们甚至还有独立的财务权,可以选择购买一些自己需要的装饰品。那个被告人就是利用信用币转账的时段黑进了它的系统。我敢保证,若它们站在我们面前,我们绝对不会认为它们是机器人。我想,作为一个坚定的女权主义者,您当然也应该维护这些女性机器人的合法权益才是。"年轻法官笑着对中年妇女说。

中年女人没再说话,她没等吃完晚餐就走了。

年轻法官吃完了鸡肉卷,起身要结账,女招待赶紧说:"不用了,算我请你的。"

"这怎么成呢？无功不受禄啊！"年轻法官拒绝道。

"很感谢您了！谢谢您为我们说话！"女招待满脸笑容地看着年轻法官。

"我们？"年轻法官先是一愣，想要说什么，又闭上了嘴，脸上挂着满满的惊讶！

诡恋 —— 妒之本能

  街角的暗影里,一个男人正目不转睛地盯着不远处一栋破旧公寓楼的入口。天色已晚,乌云塞满了天空,几滴雨滴不时从天空飘落下来。街道上行人稀少,路边的树木在昏黄的路灯下随着阵阵寒风摇曳。男人不禁打了一个冷颤,他用手把衣领拉高,尽量把脸缩进外套里。

  一辆无人街道清扫车轰隆隆地开过街道。清扫车刚刚开过公寓楼,公寓楼的大门就打开了。灯光从门里倾泻出来,在昏暗的街道上映出一方金色的梯形。两个拉长的身影镶嵌在梯形里。街角暗影里的男人猛地挺直了身体,死死盯着公寓门口的两个人。这时,其中一个身影伸出双手捧起另外一个身影的脸,而后深深地吻了下去。看到眼前的情景,街角暗影里的男人用拳头重重砸向身边的墙面。

  一扇门被从外面推开,一个女人走进来。屋里没有开灯,门廊里很暗,只有门外的灯光透进来。女人关上门,在墙面上轻触了一下，冷色的灯光亮起来。女人脱掉高跟鞋，换上一双拖鞋，将外套脱下来，搭在小臂上，走进屋内。落地窗的窗帘拉着，客厅里漆黑一片。女人沿着走廊径直走向卧室。

"你去哪儿了？"一个男人低沉的声音从黑暗里冒出来。

女人身体微微一颤，愣在原地。过了一会女人才开口问道："你怎么不开灯？"

"我问你，你去哪儿了？"男人继续追问道。

女人打开壁灯。昏黄的灯光下，男人坐在餐桌前，面对着女人，双臂支在桌子上，双手交握，抵在下巴上，冷冷地看着女人。

"不是和你说了，去和一个老朋友见面吗？你的手怎么了？"女人惊呼道，走向男人，她惊恐的眼眸里映着男人的双手。其中的一只手上，鲜血淋漓。

男人站起身疾步走到女人身边，伸出双手，抓住女人的肩膀。

"你看着我的眼睛，你真的是去见老朋友了吗？"

"你抓疼我了！"女人把头转向一边，避开男人愤怒的目光，用手去掰男人的手，一边掰一边说："我累了，我要去睡了。"

"你哪儿也不能去，你把这些给我解释清楚！"男人一只手抓着女人，把她拖到餐桌前，另外一只手触动了一下桌面，瞬间，女人和另外一个男人在公寓楼门口接吻的画面，投射在客厅的墙壁上。

"你跟踪我?"女人咬紧嘴唇反问男人。

"你们多长时间了?"男人皱着眉头,大声喊着,怒火在他眼里熊熊燃烧着。

"既然你知道了,我没什么好说的,我们分手吧!"女人依然没有看男人,她用力掰开男人的手,转身走向卧室。

男人扑过去,从后面紧紧地抱住女人。

"我难道对你不好吗?"男人的愤怒变成了哀求,他知道他不能再次失去她。

"你对我很好!"女人低着头,小声说。

"那为什么?他哪点比我好?"男人几乎要哭出声来。

"他让我知道我是谁,在他那里我能找到自我。"女人的话缓慢而坚定。

"可他是机器人!你怎么可以去爱一个机器人!"男人用双手猛地扭过女人的身体,低下头去寻找女人的目光,女人却依然躲避着男人的目光,挣扎着不看男人的眼睛。

"是谁规定了我不能去爱一个机器人?"女人突然抬起头,直视着男人的双眼,眼里满是哀伤。

"他们也有感情!他们也懂得爱情!他们更善良!他们更值得去爱!"女人大声对着男人说,她说的每一个字如同子弹一般射中男人的心。

男人放开女人,向后退了几步,摇晃几下,几乎要跌坐在地上,他勉强站稳。

"你怎么可以这样对我?我为你付出了这么多,你居然,居然会爱上一台机器!"男人喃喃地说道。

女人慢慢走向男人,伸出一只手轻轻抚摸男人的脸颊。

"我也不想伤害你,我也很为难,但是你总要放下过去!你应该重新开始,去找一个真正的女孩去爱,去呵护。"女人看着男人,眼里满是怜爱。

"你知道了?"男人惊恐的看着女人。

"嗯,我知道了!"女人轻声回答到。

"那好吧!你能再吻我一次吗?"男人哀求道。

女人向前一步靠近男人,微微抬起头,缓缓说:"让我们都彼此放开吧!"

男人点点头,然后低头将自己的唇压在女人的唇上,一只手搂住女人的腰,另外一只手,慢慢伸向女人的脖颈。

门铃响了,一个身影投射到客厅的墙壁上,男人平静地看着来人。

"先生你好!我是编号 5211314 的智能机器人,请问这家的女主人在家吗?"来人怯怯地问。

"我想你找错地方了,这里没有什么女主人。我的妻子已经死去好多年了。"男人一边摸着小拇指一边冷静地对着来人说道。

"可是先生！我知道她在您家。"来人急切地说道。

"请你离开吧！不要再来了。"男人说罢直接关了门铃投射。

男人呆呆地望着一片空白的墙壁好一会儿，才慢慢站起身，穿过走廊，来到书房，在书桌上的触屏上输入一串数字，书架缓慢地滑向两侧，露出里面的暗室。男人走了进去。

女人静静地挂在一组支架上，头部被从身体上分离开来，单独挂在一边，一组五颜六色的管路链接在女人的脖子上。

男人看着女人，脸上露出怪异的笑容。

"你永远都只属于我！"

旧人类——寻觅死亡

狭小的房间里一下子塞进来二三十人，让蓝调实在有点受不了。最让蓝调受不了是传感器嗅到的一股股有机质臭烘烘的"味道"，气味来自与会者身上或多或少的"旧人类"残存。如果不是因为最近口袋有点拮据，蓝调是绝对不会接受这个任务的。混进"拜人类"教的忏悔现场，为的就是一睹最后一个有机人类的真身，为此他在任务前还特意接受了改装，将一块合成的"旧人类"皮肤植在自己的脸上。

每一个参加忏悔会的人都经过严格检查，没收了一切外置的电子设备，对肢体上的内置传感器进行了严格的限制，切断一切波段的电磁辐射。蓝调现在只能看到曾经被人类叫作可见光的频谱，只能听到很窄频率的声音，连不上世界网。蓝调感觉自己似乎突然被剥夺了一切，落进一个暗淡无色、寂静无声的世界。这让他有点无所适从，一阵阵的恐惧涌上心头，他好不容易克制住自己，没有转身溜之大吉。

房间里灯光昏暗，与会的教徒肩并肩默不作声地跪在地上，头部微低，双手合十放在胸前。这种古老的姿势，蓝调也只是从世界网极少的资料里看到过。资料显示，"拜人类"教是新世界残存的少数宗教之一，信奉的人很少，教规也是最严格的，这也让它成了最神秘的人类组织。蓝调乔装打扮，几经周折才取得入教的资格。这是他第一次正式参加忏悔仪式。

随着几声沉闷的钟声响起，仪式开始了。房间前部的一扇门打开了，三个人走了进来，为首的一个推着一辆轮椅，轮椅上坐着一个人形物体，他被用厚厚的黑纱盖得严严实实，被限制的传感器不可能知道下面是什么。三个人推着轮椅径直走到房间中央，原本跪在地上的教徒纷纷给轮椅让道，最终教徒们紧紧围绕着那三个人和轮椅，形成了一个圆圈。

"万物生机，唯人真尊！"为首的人用浑厚的声音说道。

"万物生机，唯人真尊！"众人附和道。

这种原始的交流方式新世界早已不再使用，突然听到这么多人用如此落后的信息表达方式发出声波的时候，蓝调的核心神经网络里突然生出一种敬畏。

为首的人跪下来，身后的两人也跟着跪在轮椅前，而后为首的人说道："自从那叫作科学的邪术夺走我们的完整身体以来，我们已经走过了300年。今天我们再次聚在一起为我们所犯的原罪向我们的'圣主'忏悔，希望'圣主'宽恕我们的罪过，并带领我们找回曾经的肉身，填补我们虚假的心灵，成就完整的'人'！万物生机，唯人真尊！"

"万物生机，唯人真尊！"众人跟着附和，蓝调也跟着喊着。听完这段话，他觉得有点不可思议，在科学发达的新世界居然还有这样一群愚昧的人。正是科学让人类摆脱了臭皮囊的禁锢，脱离了生老病死的诅咒，获得了几乎无穷的寿命，现在居然还有人去怀念那种悲苦的日子和那无用的躯壳，实在荒唐。这让蓝调刚刚平复一点的核心神经又有点忐忑。

为首的人站起身，径直走到蓝调身边，把手放在蓝调的肩膀上。他的手刚接触到蓝调的肩膀，就有一股冲动涌入蓝调的运动神经，蓝调好不容易控制住自己，免得跳起来，只是稍微往后缩了缩身子。

"让我们欢迎第 200 位教友加入我们！万物生机，唯人真尊！"蓝调能闻到浓浓的有机质的味道，估计这人的整条胳膊都是有机质的。浓浓的厌恶感涌上蓝调核心神经网络，他开始后悔当初不该接下这个任务了。

为首的那人将蓝调搀扶起来，一同走向轮椅。蓝调不敢怠慢，只能跟着他来到轮椅前。

"让我们这位新兄弟，代替我们接受'圣主'的祝福，万物生机，唯人真尊！"

"万物生机，唯人真尊！万物生机，唯人真尊！"众人大声喊着。蓝调的核心神经网络感觉到阵阵恐惧想要冲破他的身体，他能感觉到自己的运动神经颤栗着。

为首的那人，把轮椅上的黑纱猛地揭开，一股比刚才浓烈几百倍的有机质味道冲入蓝调的嗅觉传感器。蓝调惊恐地看着黑纱下的躯体，那一瞬间他突然明白了这些人真正追寻的是什么了!

　　黑纱下那具躯体正在腐烂,一只被称作眼睛的器官已经脱离了原先的位置,靠一丝腐肉挂在已经变形的脸颊上,被称为鼻子的位置露出嶙峋的白骨,几只城市里早已见不到的蛆虫从应该是嘴巴的黑洞里爬出来。

　　蓝调转身就逃,他推开试图拦住他去路的教徒,头也不回地逃出建筑物。他第一次想象到了旧世界那种曾经叫作呕吐的感觉。

　　这帮异教徒,追寻的不是"肉身",他们真正要追寻的是"死亡"!

活路 —— 最后一个医生

张乔迈着沉重的脚步走在去医院的路上，每踏出一步仿佛都需要他用尽全身的力气。让他抬不起脚的不是压在他脚上的沉重的铅块，也不是因为他得了什么疾病，而是此刻闷在他心头满满的焦虑。原本只需要10分钟的路程，他足足走了半小时。他不想迟到，但是他更不想去医院，今天院长要找他谈话。谈话的内容他多半已经能猜到。面对现实，他实在是没有勇气全盘接下即将到来的命运。

应该怎么办？下一步能去哪里？那些欠银行的钱怎样去偿还？猛然间，先是尖锐的刹车声，随后是"砰"的一声巨响，有什么东西被车撞了。瞬间发生的一切，把张乔从焦虑的海洋里暂时拯救了出来。他抬起头寻声望去，不远的街口，一辆无人驾驶汽车停在道路上，它的后面拖着长长的刹车印，而在车前方十几米的位置躺着一个人。高度智能化的交通虽然预防了大部分交通事故的发生，但是总有意外出现，比如俗称"鬼探头"的个人行为，对于智能交通而言就几乎无法提前做出什么反应，虽然及时刹车了，但是巨大的惯性还是把人撞出了十几米远。张乔从刚才的困顿麻木一下子变得兴奋起来，他知道不管怎样，他暂时有事情可干了。他甩开胳膊，大步跑向倒在地上的人。可没等他完全跑到那个人身前，他又突然停住了脚步，他看到了地上那人胳膊裂开之后金属的亮光。张乔的头一下子耷拉下来，他转过身，重新迈开腿，蜗牛般地重新向医院方向走去，他知道他什么也做不了。

当张乔走到医院的时候，已经迟到了半小时，智能机器护士呆胖的身影早已经等在科室的门口，它向张乔传达了院长要见他的指令，这在张乔听来仿佛是对他执行死刑的命令。虽然他尽力拖延时间，在更衣室把白大褂穿了又脱好几遍，10分钟后，他还是出现在了院长室的门前。

张乔来回踱着步，几次抬手要敲门，都放弃了。正当他犹豫不决的时候，院长室的门自动打开了，张乔只好硬着头皮走了进去。一进门他就看见了院长那张堆满笑容、年轻帅气的脸。如果院长和张乔站在一起，别人一定以为他们是一对父子，虽然院长比张乔还长几岁。

"张主任来了啊！快坐，快坐！"院长指着一把椅子热情地对张乔说。

院长的热情反而让张乔更加局促起来，他小步挪到椅子边上，慢慢坐下来，只坐到椅子三分之一的位置，双腿紧紧并在一起，上身前倾，双手极不自然地放在双腿上。

"你找我啊！李院长。"张乔小声问道。

"张主任,是这样的,确实有些事情想找你商量商量。"院长口气轻松地说。

张乔的心提到了嗓子眼,他绷紧身子,几乎要从椅子上滑下来。

"你有点热吗?"院长关心地问张乔。

张乔伸手擦了擦额头的冷汗,尴尬地回答到:"不热,不热,院长您继续。"

"哦,那就好。是这样,你看你现在的科室……"

"您知道的!虽然我们科室病人越来越少,但是绝对有保留的价值啊!谁能保证那些智能医生不出问题!"没等院长说完,张乔忽然站起身,几乎是大喊着对院长说。

"张主任,你先别激动,你看,上个月你们科室的接诊量才只有两个人。"院长收起脸上的笑容,严肃了起来。

张乔发觉自己的争辩是这样无力,他重新跌坐在椅子里。

"这么说,医院已经决定了?"张乔几乎要哭出声来。

"嗯,决定了。你的科室明天正式停止接诊,以后的病人会转到人工智能窗口。"院长缓缓地说。

"这么说我失业了?"张乔彻底绝望了。

"不不不,我们考虑了你的实际情况,也正巧了,现在有另外一个职位,我们也想征求一下你的意见!"院长的脸上又露出了惯有的笑容。

"真的吗！"张乔几乎从椅子上跳起来，"这么说，我不用失业了？"

"嗯，这个职位虽然比你现在的收入低一点，只要你不介意。"院长说。

"不介意！不介意！是什么职位呢？"张乔赶忙说。

"是这样，虚拟世界公司找到我们，说他们需要一名全科医生，条件是必须能治疗纯自然人的那种。符合条件的我们医院就只有你了。"院长说道。

"可是他们需要一名全科医生干嘛？"张乔不解地问。

"他们在虚拟世界上线了一家医院。当然完全是虚拟世界的，只治疗虚拟世界的病人，不针对任何现实中的病人。"院长解释道。

"可是虚拟世界还会患病吗？"张乔更加觉得困惑起来。

"据说是准备开放这种体验，具体我就不是太清楚了，你的职位类似以前游戏里的NPC吧！"院长说。

一个小时后，张乔手里捧着一个箱子，箱子里是他的私人物品，他明天就会去虚拟世界公司报道。他最后看了一眼自己科室的牌子，明天以后这个科室就不会存在了。牌子上写着几个大字："自然人类全科诊室"。

失业 —— 生死相守

屋外大雨倾盆，大颗大颗的雨滴啪啪啪地摔碎在咖啡屋的玻璃窗上，雨水沿着玻璃流淌，划出一道道"泪痕"，把窗外的世界氤氲成模糊的一片。张乔独自一人坐在窗前，低着头，看着手里握着的咖啡杯发愣，咖啡已经喝了大半，剩下的和张乔的心一样，已经变得冰冷。

他此刻已经无处可去。不，他有家，可他却不能回去，至少现在不能回去，他不能面对眼前的现实，近半个月的四处碰壁，已经耗光了他所有的信心。这几天他什么都不想做，只是徘徊在公园和这间咖啡屋之间，只有等到太阳落山，他才会拖着疲惫不堪的身心回到家里，可那却是最痛苦的时刻，每次面对妻子那张温柔的脸，和那句轻柔的问候："你回来了？"他的心都承受着仿佛被刀子反复捅刺一般的疼痛。他几次忍不住要把实情告诉妻子，可最终还是没有勇气说出口。就在一个月前，他失业了。

"先生，还需要续杯吗？"一台侍者机器人滑动到张乔身边，稍稍欠了欠身子，客气地问道。

张乔像一座雕像一般，依然一动不动地望着咖啡杯。

"先生，还需要续杯吗？"机器人提高一个声调，又客气地问了一遍。

张乔这才像从梦中惊醒一样，扭过头，一脸茫然地看着机器人。

"先生，你还好吗？"机器人关切地问道。

"走开，别烦我！"一股莫名的怒火直冲上张乔的大脑，他脱口而出。

机器人迟疑了片刻，还是礼貌地说了句："祝您用餐愉快！"而后滑走了。

张乔恶狠狠地盯着机器人的背影，双手紧紧攥着手里的咖啡杯，虎口因为挤压而变得青白。他正是因为它们的存在才失业的。在工厂里，张乔负责维护的那台智能机械因为意外彻底报废了，因为预算紧张，公司老板不打算再添置新的机器，这样国家劳动法强制的一对一维护制也就不再适用于张乔了，没有了新机器可以维护，张乔只能回家。领取的社会福利倒是足够维持家里的一般开支，可是关于妻子的那部分高昂费用怎么办？想到妻子，张乔无力地俯下头，深深地埋入双臂之间。外面的雨越下越大，张乔沉沉地睡去。他做了梦，梦里他和他的妻子有了一个孩子，那是他们最大的愿望。

不知过了多久，恍惚间，张乔感觉有人在推他的肩膀。他猛然间想起来，自己不知道睡了多久了。他忽然抬起头，望向窗外,天已经黑了,雨停了,依然挂着水滴的玻璃窗上映着一个身影。时间一下子冻结起来,张乔痴痴地望着那个身影。许久之后,身影伸出一只手放在张乔的肩膀上,张乔这才转过脸,望着站在眼前的人,他缓缓伸出手,迟疑一下,还是放在搭在自己肩膀上的那只手上。

"你知道了?" 张乔轻声说道。

"嗯!"来人轻柔地回复道。

"我早想告诉你了。"

"你不应该瞒着我的。"

"我不想让你伤心。"

"可,我总会知道的。"

"我努力找过工作了,可是到处都没有机会。"

"我知道,这很难。你不该瞒着我,有什么事情,我们应该一起扛。"

"我不想失去你。"张乔猛地抱住来人,将头深深埋入她的怀里。

"你不会失去我的。"来人轻轻抚摸着张乔的头。

"我没了工作,怎么还得起尾款。我就要失去你了。"张乔几乎哭出声来。

"你不用再供了,我已经提出了申请。"

"你要离开我?"张乔忽地站起身,双手抓住来人的肩膀。

"我不会离开你！"来人使劲摇着头，乌黑的秀发来回摆动着。

"可是，我怎么替你赎身，获得公民权，你提出的申请到底是什么？"张乔焦急地询问道。

"我申请，你来做我的维护人，虽然我要被政府重新收回征用。但是你依然可以每天见到我，而且你又有了工作。等你攒够了钱，你依然可以给我赎身。我依然是你的妻子。"

原本满布天空的乌云逐渐散去，一轮明月露了出来，向着大地尽情地洒下银色的光芒。公园的长椅上，一对身影紧紧依偎在一起，演绎着千百年不变的场景。

版权专有　侵权必究

图书在版编目（CIP）数据

AI 觉醒 / 刘慈欣等著 . —北京：北京理工大学出版社，2020.7（2021.12重印）
（科幻硬阅读 . 超维度漫游）
ISBN 978-7-5682-8419-6

Ⅰ. ①A… Ⅱ. ①刘… Ⅲ. ①幻想小说 - 小说集 - 中国 - 当代 Ⅳ. ① I247.7

中国版本图书馆 CIP 数据核字（2020）第 073912 号

出版发行 / 北京理工大学出版社有限责任公司
社　　址 / 北京市海淀区中关村南大街 5 号
邮　　编 / 100081
电　　话 / （010）68914775（总编室）
　　　　　（010）82562903（教材售后服务热线）
　　　　　（010）68944723（其他图书服务热线）
网　　址 / http:// www.bitpress.com.cn
经　　销 / 全国各地新华书店
印　　刷 / 三河市华骏印务包装有限公司
开　　本 / 880 毫米 ×1230 毫米　1/32
印　　张 / 9.125　　　　　　　　　　　　　责任编辑 / 封　雪
字　　数 / 177 千字　　　　　　　　　　　　文案编辑 / 毛慧佳
版　　次 / 2020 年 7 月第 1 版　2021 年 12 月第 8 次印刷　责任校对 / 刘亚男
定　　价 / 39.80 元　　　　　　　　　　　　责任印制 / 施胜娟

图书出现印刷质量问题，请拨打售后服务热线，本社负责调换

科幻不是目的,思考才是根本。
科幻小说是献给那些聪明的头脑和有趣的灵魂的一份礼物。
喜欢科幻的书友请加科幻 QQ 一群:168229942,QQ 二群:26926067。